DESEO

D0840957

SUSANNAH ERWIN

Esposa por encargo

Editado por Harlequin Ibérica.
Una división de HarperCollins Ibérica, S.A.
Núñez de Balboa, 56
28001 Madrid

© 2019 Susannah Erwin
© 2020 Harlequin Ibérica, una división de HarperCollins Ibérica, S.A.
Esposa por encargo, n.º 2133 - 7.2.20
Título original: Wanted: Billionaire's Wife
Publicada originalmente por Harlequin Enterprises, Ltd.

I.S.B.N.: 978-84-1328-854-3
Depósito legal: M-38645-2019
Impreso en España por: BLACK PRINT
Fecha impresion para Argentina: 5.8.20
Distribuidor exclusivo para España: LOGISTA
Distribuidor para México: Distibuidora Intermex, S.A. de C.V.
Distribuidores para Argentina: Interior, DGP, S.A. Alvarado 2118.
Cap. Fed./Buenos Aires y Gran Buenos Aires, VACCARO HNOS.

MIXTO
Papel procedente de
fuentes responsables
FSC® C108412

Capítulo Uno

Después del temprano vuelo en el que había cruzado el país, lo que Danica Novak quería era darse una ducha y dormir al menos diez horas. Lo que consiguió fue tener que presentar una reclamación para recuperar el equipaje que le habían perdido, un trayecto en taxi a su oficina de Palo Alto en el que el taxista se había encontrado con todos los semáforos en rojo y otra discusión con los del seguro médico de sus padres respecto a las facturas médicas de su hermano.

Esta era la tercera vez que hablaba con alguien de la sociedad médica desde el aterrizaje del avión y aún no eran las once de la mañana en California.

—¿Que no cubren el tratamiento? —mientras hablaba, rebuscó en el bolso algo con lo que pagar al taxista. La tarjeta de crédito no le servía de nada, como había descubierto al intentar utilizarla para comprar comida en el avión. Su repentino viaje a Rhode Island la había despojado de los últimos ahorros—. ¿Que no pueden reducir los costes?

Danica hizo un esfuerzo por mantener la calma y la voz modulada. Durante la adolescencia, al tener que ayudar a su padre con los papeles para abrir una lavandería, había aprendido que enfadarse con los burócratas no llevaba a ninguna parte.

–Sí, lo comprendo, a usted le han dicho que el tratamiento es reservado y opcional. ¿Podría hablar con el manager, por favor? ¿Oiga? –se quedó mirando el móvil. La llamada se había cortado o la habían colgado.

El taxista tocó el claxon para llamar su atención.

–Señorita, tengo que marcharme. Necesito que me pague.

–Sí, un momento, por favor –Danica dejó el móvil y rebuscó de nuevo en el bolso. El billete de veinte dólares para las urgencias tenía que estar en algún lado…¡Ya! Juntó el billete con los otros que tenía en la mano, pagó al taxista, salió del coche y dio por bienvenidos los rayos de sol de ese lunes por la mañana.

Danica abrió la puerta del edificio de oficinas. Le parecía que había pasado un siglo desde que había salido de allí a toda prisa para ir a casa de sus padres. Aún no se había recuperado de la impresión que le había hecho ver a su hermano Matt, siempre un torbellino de actividad, completamente inmóvil en la cama de un hospital.

Matt, nacido ocho años antes que ella, había sido un bebé sorpresa, la alegría de toda la familia. En el último año de instituto, había atraído la atención de muchas universidades debido a ser una joven promesa en el campo del atletismo. Esas habían sido sus perspectivas hasta dos semanas atrás, cuando un accidente durante un partido de fútbol americano le había dejado con traumatismo craneoencefálico, fractura de fémur y una lesión en la médula espinal.

Ahora, por fin, había salido de peligro y el pronós-

4

tico era bueno, se esperaba que se recuperara completamente. Sin embargo, los médicos estaban preocupados porque no estaba respondiendo todo lo bien que se esperaba al tratamiento convencional. Había una terapia experimental que quizá pudiera acelerar la recuperación de Matt, pero no lo sabrían a no ser que encontraran la forma de pagar por la terapia, ya que el seguro médico se negaba a cubrir los gastos.

Danica iba a conseguir el dinero de una forma u otra. Les había dicho a sus padres que ella se encargaría del asunto y lo haría.

Al entrar en el edificio, que compartían cuatro empresas, encontró el vestíbulo vacío, como casi siempre. Cerró los ojos y respiró hondo. Tenía que ponerse a trabajar, la presentación de Rinaldi Executive Search para la empresa Ruby Hawk Technologies iba a tener lugar dentro de dos días y tenía que ser perfecta. La secretaria de Johanna Rinaldi le había prometido ascenderla a consultora de talento si la presentación tenía éxito.

Agarró una copia de la revista *Silicon Valley Weekly* del mostrador de recepción con la esperanza de ponerse al día de las últimas novedades en el campo de la industria tecnológica mientras recorría el pasillo que la llevaría a las oficinas de Rinaldi. Y como si el universo entero se hubiera puesto de acuerdo en recordarle la importancia de la presentación, la portada de la revista presentaba una foto de Luke Dallas, el director ejecutivo de treinta y tres años fundador de Ruby Hawk Technologies.

Como la mayoría de la gente de Silicon Valley, Danica estaba asombrada del meteórico ascenso de Ruby Hawk Technologies; pero el hombre al frente de esa empresa, Luke Dallas, ejercía sobre ella una extraordinaria fascinación. Un escalofrío le recorrió el cuerpo mientras contemplaba en la foto los sorprendentes ojos azules del hombre al que veía en persona dentro de dos días.

Un mes atrás, Danica se había enterado de que Ruby Hawk había cancelado el contrato con la agencia especializada en conseguir talento de alto nivel. Sabía que Johanna y Luke habían estudiado juntos dirección de empresas y había utilizado esa información para conseguir una reunión con el fin de convencer a Ruby Hawk de que utilizaran sus servicios. Luke Dallas iba a asistir a la reunión.

No podía ser que ese hombre fuera tan atractivo en persona, pensó Danica con los ojos fijos en la foto. El fotógrafo debía de ser muy bueno, quizá la luz…

Tan ensimismada estaba que apenas evitó chocarse contra el ancho y musculoso pecho de un hombre, a quien lanzó una rápida sonrisa a modo de disculpa y continuó con el artículo que estaba leyendo mientras rebuscaba en el bolso las llaves de la oficina.

Le llevó un segundo darse cuenta de quién era ese hombre. Levantó la cabeza y se le quedó mirando. De repente, se le secó la garganta y se le aceleraron los latidos del corazón.

Luke Dallas estaba delante de la puerta cerrada de Rinaldi Executive Search. En carne y hueso. Un metro noventa y tres de estatura. Cabello oscuro ondulado. Inmaculadamente vestido.

Danica se había equivocado. Ese hombre era mucho más atractivo en persona que en la foto. Irresistible. Se notaba que era un hombre que conseguía lo que quería sin importarle cómo.

Hipnotizada por la fuerza de esa mirada, tembló al ver que la expresión de él se endurecía. La atmósfera se tornó tensa.

Aquel debería haber sido un día triunfal. Sin embargo, le dolía la mandíbula de tanto apretar los dientes. Era una nueva sensación. Jamás perdía el control, al margen de la situación.

Pero aquella mañana, durante un encuentro informal antes de firmar los papeles de la venta de su empresa, se había visto en medio de una emboscada preparada por Irene Stavros y su padre, Nestor.

Al salir de la reunión, tras el ultimátum de Nestor, había ido directamente a la empresa de Johanna Rinaldi, la única persona que podría sacarle de la trampa que Nestor le había tendido tan hábilmente.

¿Dónde demonios se había metido Johanna? La oficina estaba cerrada y nadie contestaba al teléfono. A punto de perder la paciencia se había topado con aquella mujer que le miraba con ojos desmesuradamente abiertos. Unos ojos bonitos, verdes y grandes. Un hombre podría hundirse en las profundidades de esos ojos.

Entonces, ella parpadeó y él volvió a sumirse en una furia contenida.

—¿Puedo ayudarle en algo? —preguntó él; en parte,

7

para disimular haberse quedado mirando a esa desconocida, al margen de lo atractiva que pudiera ser; por otra parte, porque no era Johanna y, en esos momentos, era la única persona a quien quería ver.

–Usted es Luke Dallas. Pero la entrevista que tenemos con usted no es hoy, sino el miércoles.

–¿Trabaja en la empresa de Johanna?

–Sí. Sí, trabajo para Johanna. Soy Danica Novak.

Luke estrechó la mano que ella le había tendido y la vio sonrojarse.

–Al parecer, sabe quien soy.

–Sí, claro –la mujer agitó la revista que llevaba en la mano izquierda–. Aquí está su fotografía.

Ella le sonrió y esos ojos que le habían parecido preciosos antes se le antojaron deslumbrantes. Después, se fijó en el encabezamiento de la portada de la revista.

–¿Le importa que vea eso? –preguntó él, y ella le dio la revista.

Luke leyó el artículo. El periodista que lo había escrito, Cinco Jackson, se había enterado de que él estaba en tratos con Stavros Group, a pesar de lo mucho que se había esforzado por mantenerlo en secreto. El artículo hablaba de los rumores que corrían acerca de la adquisición de su empresa como algo inminente.

Iba a resultarle imposible entrar en el edificio de Ruby Hawks sin que sus empleados le hicieran preguntas sobre la venta de la empresa y lo que eso iba a suponer para ellos.

Gracias a su familia y a unas acertadas inversiones que había hecho, Luke no habría necesitado trabajar para llevar una vida extremadamente cómoda. Pero eso era porque sus padres tenían dinero. Él no se lo había ganado.

Se negaba a hacer lo que sus hermanastros hacían, vivir de sus herencias. Él quería construir algo, como había hecho su abuelo. Y quería que durara, al contrario que el legado de su bisabuelo. Los grandes almacenes Draper y Dallas hacía mucho que habían desaparecido; por el contrario, las innovaciones de Ruby Hawk en biorretroalimentanción y tecnología neuronal podrían mejorar la vida de muchas personas durante generaciones.

Estrujó la revista que tenía en la mano. Él era el dueño de Ruby Hawk. Había creado la empresa y había invertido su propio dinero en ella. Ahora, necesitaba más capital para que la empresa siguiera desarrollándose, para demostrar a toda esa gente que le acusaba de ser un aficionado ricachón que tenía lo que se necesitaba para ser un visionario de una tecnología.

Había sopesado diversas opciones para conseguir capital, pero ninguna le había ofrecido lo que quería: financiación, control e independencia en el negocio. Entonces, había aparecido Irene Stavros y le había sugerido que hablara con su padre. Un mes atrás, había recibido una oferta de Nestor.

En principio, la oferta había sido perfecta. Stavros Group compraría Ruby Hawk e invertiría el dinero necesario para que la empresa pudiera expandirse al tiempo que permitiría que Ruby Hawk continuara operando con toda independencia. La junta directiva, con Luke a la cabeza, seguiría siendo la misma y podría tomar decisiones sin interferencias de Stavros Group. Anticipando la firma del contrato, Luke había comprado nuevos aparatos tecnológicos muy caros. Pero al reunirse con Nestor para firmar los papeles, había descubierto la trampa que este le había tendido. A menos que aceptara las condiciones de Nestor, no podría seguir pagando a sus empleados pasados seis meses.

Y ahora aquel artículo. Gracias a revelar los términos del contrato, sus empleados esperarían que sus participaciones en la empresa valieran millones una vez concluida la transacción.

Tenía que conseguir que se firmara el contrato.

–¿Dónde está su jefa? Llevo aquí media hora y no ha aparecido nadie. ¿Qué clase de empresa es esta? –Luke devolvió la revista a esa mujer.

–Una empresa muy profesional. Debe haber una explicación.

Luke arqueó las cejas y se miró el reloj.

–Yo acabo de llegar del aeropuerto. Johanna debe estar en alguna reunión fuera de la oficina. Aunque eso no explica por qué Britt no responde al teléfono… –murmuró ella entre dientes–. Espere aquí un momento, voy a ver si están las luces encendidas.

La mujer abrió la puerta y después la cerró tras de sí. Luke oyó una exclamación seguida de un golpe. Justo en el momento en que iba a entrar para ver lo que pasaba, ella salió, cerrando la puerta de nuevo.

La mujer tenía el rostro blanco como la cera .

–Verá…creo que será mejor que espere en la cafetería de al lado. Tienen un café muy bueno y…

–No. ¿Qué es lo que pasa? ¿Hay alguien herido?

Ella negó con la cabeza.

–Voy a entrar –con cuidado, apartó la temblorosa mano de esa mujer del pomo de la puerta.

–No, por favor, no…

Ignorando las protestas de ella, Luke abrió y entró. Sorprendentemente, encontró la oficina vacía. No había empleados, ni siquiera escritorios, solo una silla rota y estanterías metálicas vacías.

–He pensado que quizás nos hubieran robado, pero… –Danica, a sus espaldas, no acabó la frase.

Luke sacudió la cabeza.

–No, esto lo ha hecho una empresa de mudanzas.

A Luke se le hizo un nudo en el estómago. Johanna había desaparecido. ¿Cómo podía irle tan mal ese día?

–Yo he estado ausente dos semanas –dijo Danica con voz débil–. Dos semanas solamente.

Ella, como una zombi, entró en un despacho. A su paso, dejó caer el bolso y el contenido se desparramó por el suelo. Antes de que a él le diera tiempo a apartar los diferentes objetos, ella se tropezó.

Luke, rápidamente, la agarró por los hombros y evitó que cayera. Tan cerca de ella, notó que su cabello mostraba un sinfín de diferentes tonos dorados que iban del castaño claro a un rubio casi blanco. Unas pecas salpicaban la pálida piel de esa mujer por encima de una nariz respingona. Olía a vainilla y a canela. Tenía unos labios suaves, sensuales y, durante unos segundos, estuvo tentado de probarlos.

Entonces, la realidad le golpeó con fuerza.

El plan que había ideado para salvar Ruby Hawk

11

había desaparecido con los muebles de las oficinas de la empresa Rinaldi.

–Gracias por agarrarme –dijo Danica.

–Respire hondo –le aconsejó él–. Vamos, respire.

Danica le obedeció, permitiéndose apoyarse en él, deleitándose en el sentido de confianza y seguridad que los brazos de ese hombre le proporcionaba.

Pero entonces, bruscamente, Luke Dallas la soltó.

–Lo siento, pero tengo que marcharme inmediatamente.

«Piensa, Danica. Piensa con rapidez». Sabía que si ese hombre se marchaba de allí ella perdería una oportunidad de oro profesionalmente, y toda esperanza de conseguir el ascenso que le habían prometido.

Tenía que encontrar a su jefa. Seguro que había una explicación para lo que había pasado.

–Johanna ha debido trasladar la oficina durante mi ausencia. Era difícil comunicarse conmigo donde yo estaba –lo que era cierto. En el hospital donde estaba Matt los teléfonos móviles no estaban permitidos–. Deje que la llame.

Danica agarró el bolso y metió en él los objetos desparramados por el suelo. Pero… ¿dónde estaba su teléfono móvil? Lo había tenido en la mano durante el trayecto en taxi…

Ahí se lo había dejado, encima del asiento, mientras buscaba el dinero para pagar el trayecto.

–¿Ocurre alguna otra cosa? –preguntó él mirándola duramente.

–No, nada. Me he olvidado de algo, eso es todo –respondió Danica como si no pasara nada. Pero no logró engañar a ese hombre.

–A mí me parece que es todo lo contrario. Aquí ocurren muchas cosas, empezando por esta oficina vacía –declaró Luke Dallas cruzando los brazos.

–Deme quince minutos para averiguar qué pasa. ¿De acuerdo?

Él asintió y Danica se dirigió al cubículo en el que había trabajado hasta ese momento, donde él no podía verla. Pero, al instante, se le encogió el corazón. En su espacio privado de trabajo solo había una caja con unos cuantos objetos personales; entre ellos, un cómic de acción que su hermano le había regalado cuando ella se mudó a California.

Pegada a un lateral de la caja había un sobre color crema con las iniciales de Johanna. Abrió el sobre, sacó una nota y leyó:

Hola, Danica.
No quería molestarte mientras estabas con tu familia. La cuestión es que el Grupo Stavros me ha ofrecido una gran oportunidad. ¡Me han dejado al frente de la operación de caza de talentos en Asia y la zona del Pacífico! Tendré la oficina en Sydney y viajaré por todo el mundo. Me necesitaban inmediatamente, por eso no podía esperar a que volvieras.

¡Britt ya tiene otro trabajo! Ah, por cierto, si no te importa, recuérdale a Britt que envíe los teléfonos al servicio de mensajería telefónica.

Te llamaré cuando esté más tranquila y disponga

de tiempo. Ahí tienes tu última paga y el número de teléfono del abogado a cargo de la disolución de la empresa, por si necesitas ponerte en contacto con él para algo.

¡Ciao!

Johanna

Danica sacó del sobre el papel con la nómina y un extra de dos semanas por despido. Dos semanas. ¿Eso era todo lo que Johanna creía que se merecía? ¿Después de tres años de absoluta entrega, de ayudar a sacar a flote esa empresa y de no tomarse ni un solo día de vacaciones durante esos tres años? El viaje del que acababa de regresar, una emergencia, había sido la única vez que había pasado más de cuarenta y ocho horas sin pasarse por la oficina en esos tres años.

Se sentó en el suelo. Aquello era peor que cuando su novio la dejó. Al menos, entonces había tenido trabajo y había podido ayudar a su familia económicamente. Pero ahora… Ahora ni siquiera tenía un coche viejo. Le había pedido a su compañera de piso, Mai, que lo vendiera para poder pagar el alquiler y los gastos de la casa, ya que se había gastado los pocos ahorros que tenía en el billete de avión. Tampoco podía pedirle a Mai que pagara por ella, la situación económica de Mai era casi tan precaria como la suya.

Danica siempre había visto el lado bueno de las cosas. Hasta ese momento. Lo veía todo muy negro.

***

Luke observó a Danica mientras esta se dirigía a su cubículo con la cola de caballo moviéndose de un lado a otro y aire totalmente despreocupado. No pudo evitar fijarse en los movimientos de otras partes de la anatomía de ella. Una pena que estuviera mintiendo respecto a Johanna. Él había intentado ponerse en contacto con ella sin conseguirlo.

Lo que tenía que hacer era regresar a su oficina y pensar en cómo salir de aquel atolladero.

De repente, oyó lo que le pareció un sollozo ahogado. Sacudió la cabeza. No iba a dejarse engañar por unas lágrimas de cocodrilo. Agarró el pomo de la puerta.

Un segundo sollozo resonó en la estancia vacía. Seguido de un tercero.

Luke se dio la vuelta y se dirigió al cubículo.

La encontró con los ojos enrojecidos rompiendo un papel en trocitos pequeños.

—Johanna se ha ido a vivir a Sydney —declaró ella con una triste sonrisa.

—¿Tiene su teléfono?

Ella sacudió la cabeza.

—Me ha dejado una nota, escrita en papel. Se la enseñaría, pero la he roto en pequeños pedazos. Supongo que habrá que cancelar la reunión del miércoles.

—Sí —respondió Luke sintiendo algo parecido a un gran pesar, pero lo descartó—. En fin, tengo que irme ya. Buena suerte.

Luke le ofreció la mano y ella se la estrechó. La mano de esa mujer parecía estar hecha a su medida.

Luke se aclaró la garganta.

–Si Johanna se pusiera en contacto con usted, dígale que necesito…

Luke se interrumpió al ver un trozo de papel cerca de uno de sus zapatos. Leyó «Stavr…», en cursiva.

–¿Por qué ha ido Johanna a Sydney?

Danica se encogió de hombros.

–En la nota que me ha dejado dice que ha encontrado el trabajo de sus sueños –Danica dio una patada a los trozos de papel que había en el suelo.

–¿En qué empresa? –preguntó Luke mientras se le contraían los músculos del vientre.

–El Grupo Stavros. ¿Por qué?

El golpe fue muy duro. Ahora comprendía hasta qué punto Nestor e Irene le tenían acorralado. ¿A qué otras personas de su círculo habían logrado atraer? Estaba seguro de que si llamaba a Gwen, la última mujer con la que había tenido relaciones, la encontraría rodando alguna película producida por el Grupo Stavros fuera del país.

–¿Cómo es posible que no lo haya visto venir? –se preguntó Luke apretando los dientes.

Danica dejó de romper el papel y le miró a los ojos.

–¿Qué tiene que ver con usted el nuevo trabajo de Johanna?

Luke sacudió la cabeza mientras tragaba bilis. Nestor e Irene iban muy por delante de él, siempre había sido así. Habían colocado a Johanna fuera de juego, conscientes de que sería la persona a la que él recurriría inmediatamente. Irene, Johanna y él habían estudiado juntos. Irene conocía su círculo de amigos.

–Tengo que volver a mi oficina –dijo él saliendo del cubículo.

–No, ni hablar. No se va a marchar hasta que no me diga qué es lo que pasa.

–No tengo tiempo para tonterías…

–Esto no es una tontería. Se trata de mi vida –a Danica se le quebró la voz, pero tomó aire, recuperándose–. Hasta hoy, tenía un trabajo que me encantaba, reclutando talentos. Y se me da muy bien. Puede que, oficialmente, fuera ayudante, pero me iban a ascender ahora. Sin embargo…¡Todo se ha esfumado, así, sin más! Y, al parecer, usted sabe algo del motivo por el que me he quedado sin trabajo. Creo que me debe una explicación.

Luke no podía decirle la verdad… Fue entonces cuando asimiló lo que Danica acababa de decirle, que su especialidad era reclutar talentos.

–¿Ha dicho que su especialidad es reclutar a gente?

–Soy la mejor –respondió ella sin vacilar–. ¿Por qué lo pregunta?

–Porque necesito una esposa. ¡Ya mismo! Y usted me va a conseguir una.

Capítulo Dos

–¿Que necesita una esposa? –preguntó Danica con incredulidad–. ¿Y quiere que yo se la consiga?

No tenía sentido. No era posible que Luke Dallas tuviera problemas para encontrar a una mujer que quisiera casarse con él, de todos era conocido el efecto que tenía en las mujeres.

De repente, se dio cuenta del motivo de su visita.

–¿A eso había venido, a pedirle a Johanna que le buscara alguien con quien casarse?

–¿Quiere el trabajo o no?

Danica trató de organizar las ideas que le rondaban por la cabeza en algo coherente.

–Yo jamás he buscado esposas. Si me pidiera que le buscara un especialista en economía financiera, por supuesto que sí. Pero ¿una pareja? ¿Alguien con quien pasar el resto de su vida? Para eso no me necesita, eso debe hacerlo usted mismo.

–¿Qué diferencia hay entre una cosa y otra? –replicó él–. Le daré una lista con lo que necesito. Usted busque candidatas que cumplan con los requisitos de la lista.

–Pero… una esposa no es una empleada. ¿Qué hay de la compatibilidad? ¿Qué me dice de los objetivos en la vida?

—Cuando contrato a alguien, ese alguien tiene que encajar en la cultura de la empresa, sus objetivos respecto a la empresa tienen que ser los mismos que los míos —declaró él como si estuviera pidiendo que le encontraran un coche a medida en vez de tratarse de una relación con un ser humano.

—La diferencia es que usted puede despedir a un empleado. ¡Pero no podrá despedir a su esposa!

—¿Qué cree que es el divorcio? Mire, yo contrato a los mejores especialistas en su campo, pero no paso el tiempo recorriendo el mundo en su búsqueda. Para eso contrato a alguien —Luke se inclinó hacia la puerta, su hombro a escasos centímetros del de ella, que descansaba en la lisa superficie de madera.

A Danica se le aceleró el pulso. Debía ser por el ridículo requerimiento de él. No podía deberse a cómo la miraba.

—Me encantaría reclutar a especialistas para usted, pero…

—Lo que le he pedido es lo mismo. No dispongo de tiempo para buscar a una mujer con la que casarme que cumpla ciertos requisitos. Le estoy proponiéndole contratarla para que lo haga usted. Es así de sencillo.

—No, no es tan…

—La candidata elegida tendrá que firmar un contrato prematrimonial con el fin de que, de ser necesario, yo pueda «despedirla» sin mayores consecuencias. Será simplemente un contrato de trabajo, igual que el suyo. Perfectamente razonable —con la mirada, la desafió a que le llevara la contraria.

Luke Dallas hablaba como si el matrimonio pudiera reducirse a un código binario.

–La candidata elegida será debidamente recompensada. Igual que usted. Supongo que trescientos mil dólares le resultarán satisfactorios.

–Eso no responde a mi… ¿Qué ha dicho? ¿Trescientos mil dólares?

Danica casi se desmayó al verle asentir. Y, en esta ocasión, no fue por la proximidad del cuerpo de él.

¡Trescientos mil dólares! Ese dinero le permitiría pagar el dinero que todavía debían de la operación de Matt y, además, el tratamiento experimental. Sus padres ya no tendrían de qué preocuparse. Ella podría pagar sin problemas el alquiler y no acabar viviendo debajo de un puente.

Le sobraría dinero suficiente para montar su propia empresa. Jamás la volverían a despedir.

Era demasiado hermoso para ser verdad. En su experiencia, cuando las cosas parecían demasiado buenas, todo acababa en lágrimas.

–¿Por qué no se dirige a especialistas en buscar parejas? Hay muchos…

–Ya se lo he dicho, no tengo tiempo para romanticismos. Esto es una cuestión profesional –él empequeñeció los ojos–. Si solo quisiera conocer a mujeres, le aseguro que no necesitaría contratar sus servicios.

El tono de voz que empleó hizo que le temblaran las piernas. Apoyó la espalda en la pared. No quería que Luke Dallas le gustara. Por supuesto, no podía negar que fuera guapo. Ese hombre utilizaba los ojos, de un intenso azul, como armas. Era intimidante. Arrogante. Y pedía algo imposible.

—Y si consigue encontrarme a una mujer adecuada en el plazo de un mes, recibirá una bonificación de cincuenta mil dólares, además de lo acordado.

—Cincuenta mil dólares… —la habitación comenzó a darle vueltas.

—Respire hondo —dijo él poniéndole una mano en el brazo para sujetarla. Y la piel le ardió ahí donde él la tocó—. Debería hacer ejercicios de respiración.

Era mucho dinero. Dinero que su familia necesitaba.

—Bueno, ¿qué dice? —Luke Dallas se miró el reloj de pulsera—. Le doy tres minutos para que responda.

Técnicamente, encontrar una esposa para ese hombre no le supondría un problema. Sin embargo, su sentido de la ética…

Danica se mordió los labios.

—Si acepto el trabajo, es a condición de no investigar la vida sexual de las posibles candidatas. Eso es cosa suya.

Una sonrisa le transformó el rostro a Luke Dallas. Le hizo parecer más accesible, incluso encantador.

—¿Significa eso que acepta el trabajo?

—Con ciertas condiciones —respondió Danica—. Le proporcionaré tres candidatas, para que usted elija. No obstante, conseguir que alguna de ellas consienta en casarse con usted será cosa suya. Y si ninguna quiere casarse con usted, no será obstáculo para que yo cobre por mi trabajo.

—¿Solo tres?

–Veamos, me está pidiendo que encuentre mujeres que cumplan con ciertos requisitos, que investigue sus vidas, que consiga referencias y, por supuesto, que, en principio, estén interesadas en casarse con usted. Yo creo que conseguir tres candidatas en un mes no es poca cosa –declaró Danica.

–De acuerdo, acepto. ¿Y qué más?

–Necesitaré un despacho, un móvil de la empresa y una cuenta bancaria para cubrir gastos. Ah, y un seguro médico. Desde hoy mismo.

Danica, a base de fuerza de voluntad, le sostuvo la mirada. Ese hombre tenía realmente unos ojos increíbles, azul intenso con motas grises, o… ¿eran grises con motas azules? Fuera como fuese, le recordaban los antiguos mosaicos romanos que había visto en Zagreb, la ciudad natal de sus padres.

Luke Dallas esbozó una sonrisa ladeada.

–Pásese por Ruby Hawk después del almuerzo, para entonces ya tendrá preparado un lugar de trabajo, un teléfono, seguro médico y tarjeta de crédito.

Danica soltó el aire que había contenido en los pulmones.

–Trato hecho.

–No, todavía no. Yo también voy a imponer ciertas condiciones. En primer lugar, esto será confidencial.

Danica empequeñeció los ojos.

–En mi trabajo, la confidencialidad es esencial.

–En segundo lugar, firmará un acuerdo de confidencialidad. No podrá decir nada a la prensa, ni a su familia ni a su novio o marido –Luke alzó las cejas–. Supongo que tendrá novio o marido.

–Jamás hablo con periodistas. Mi trabajo y mi vida privada son dos cosas completamente distintas, las mantengo separadas.

–¿Y el novio o marido?

–Eso no es asunto suyo, pero no tiene de qué preocuparse –sí, ese hombre era muy atractivo, pero también lo había sido su exnovio. Que la había dejado plantada para casarse con una mujer que podría ser la candidata perfecta para Luke Dallas.

Él asintió.

–A la plantilla de Ruby Hawk diremos que es una consultora que está ayudándome en un proyecto de investigación –añadió Luke Dallas–. Y tercero, las candidatas que me busque deberán ser solteras y sin compromiso.

Le sonó el móvil a Luke y, al mirar la pantalla para ver quién llamaba, apareció el rostro de un ejecutivo de Silicon Valley.

–Tengo que contestar esta llamada. La veré en mi oficina a las dos y media –fue una orden.

Antes de que ella pudiera responder, él ya se había marchado.

Luke no sabía si había cometido el mayor error de su vida o si había tomado una genial decisión. La idea de contratar a Danica Novak para buscarle una esposa con el fin de evitar la trampa que Nestor Stavros le había tendido le había parecido, en el momento, una buena idea. Pero ahora, una semana después, se le antojaba una decisión estúpida. Sobre todo, teniendo en cuenta que el trabajo de la señorita Novak no había producido aún ningún resultado.

Se negaba a creer que se había dejado llevar por la atracción de esos enormes ojos verdes y la voluptuosa boca de esa mujer. Sí, la encontraba atractiva físicamente, pero Danica también era ingeniosa, inteligente y capaz. Lo único que le faltaba era evidencia de ello.

Aparcó el BMW en el espacio reservado para él, con su nombre, y cruzó las puertas de la entrada de Ruby Hawk. Pasó de largo por los ascensores y subió por las escaleras, de dos en dos, hasta el piso en el que se tomaban las decisiones importantes. Ese día iba a ser también problemático. Cinco Jackson había escrito otro artículo sobre la adquisición del Grupo Stavros y, esta vez, había mencionado que el trato podía venirse abajo si no se cumplían ciertas condiciones.

Se encontró con Anjuli Patel al dejar las escaleras. La miró con extrañeza al fijarse en su atuendo. La directora del departamento de finanzas de Ruby Hawk y su brazo derecho, normalmente exhibiendo impecable vestimenta, aquella mañana parecía como si hubiera dejado que sus gemelos de tres años hubieran elegido su ropa.

—Acaba de aparecer otro artículo en la revista *Silicon Valley Weekly* –dijo Anjuli Patel–. Mi marido me ha envidado un mensaje a las seis de la mañana desde el gimnasio.

—Sí, ya he visto el artículo. Y seguro que lo ha visto todo el mundo –respondió él mientras andaba.

Anjuli le siguió el paso.

—¿Qué hay de cierto en lo que dice el artículo? ¿Va

a echarte de la empresa después de que el Grupo Stavros compre esta? ¿O no va a haber trato? –preguntó Anjuli con angustia y curiosidad. Sabía tan bien como él lo necesitados que estaban de capital.

–Ven, vamos a hablar –dijo él encaminándose a su despacho.

Como ocurría en la mayoría de las empresas de tecnología, los empleados de Ruby Hawk trabajaban en espacios abiertos. Nada de puertas ni cubículos, solo escritorios distribuidos de distintas formas. Pero, últimamente, Luke se había instalado en una de las salas de conferencia acristaladas con el fin de tener más privacidad durante las discusiones respecto a la adquisición.

–¿Van a ser malas noticias o buenas noticias? –preguntó ella.

–Estate preparada para cualquier eventualidad –respondió él–. Examina los números en caso de que el Grupo Stavros siga adelante con el acuerdo y también revisa los números en el caso contrario.

–¿Qué hago primero?

–Lo último –dijo él.

–No sabía que estuvieran tan mal las cosas –comentó Anjuli mirando con preocupación a los informáticos sentados delante de sus escritorios.

–Sí, cabe esa posibilidad –respondió él acelerando el paso.

Pero aminoró la marcha al acercarse a la puerta de la sala de conferencias. Los ejecutivos más próximos a él ocupaban el espacio entre el lugar en el que se encontraba y la puerta de la sala de conferencias.

–Ahí está –comentó uno de los ejecutivos.

–¿Es verdad lo que dice la revista?

–¿Qué va a pasar con la adquisición de la empresa por el Grupo Stavros?

Luke vio fugazmente una cola de caballo rubia fuera del grupo. Bien. Necesitaba a Danica… necesitaba los resultados de su trabajo más que nunca.

Luke alzó una mano y pidió silencio.

–No hagáis caso de los rumores. Lo único que tenemos que hacer es ocuparnos de nuestros asuntos y seguir trabajando como siempre. Pero necesito verla ahora mismo –con un movimiento de cabeza, indicó a Danica que se acercara.

–¿Se refiere a mí? –preguntó ella sorprendida.

–Sí, a usted. Anjuli, reúnete conmigo cuando tengas esas cifras que te he pedido. Y el resto, volved a vuestros escritorios. Vamos, todo el mundo a trabajar.

Luke dio un paso hacia delante y condujo a Danica a su despacho.

Danica no tuvo oportunidad de protestar. El calor de la mano de él en su espalda casi la quemó. Por fin, la puerta de cristal se cerró tras ellos con un clic. Luke le indicó una silla.

–¿Qué es lo que se le ofrece? –preguntó Danica sentándose al borde de la silla. Daba la espalda a la pared de cristal, pero sentía la mirada de al menos media docena de personas.

Luke se sentó frente a ella, al otro lado de la mesa de conferencias. Entonces, él pulsó un botón en un control remoto y unas persianas cubrieron los cristales y les protegieron de múltiples y curiosas miradas.

La luz disminuyó, la atmósfera adquirió un carácter íntimo. Danica era muy consciente de que estaban los dos solos.

—¿Qué es lo que pasa? —preguntó ella en tono suave.

—Nada que no pueda solucionar —respondió Luke.

Danica resistió la tentación de volverse y señalar las persianas en la pared de cristal.

—En ese caso, ¿son imaginaciones mías que la gente ahí fuera está enfadada?

Luke arrugó el ceño.

—No están enfadados.

—De acuerdo, están preocupados. ¿Se debe al artículo sobre el Grupo Stavros? Al parecer, cabe la posibilidad de que no firmen el acuerdo.

—Necesito tu lista con las candidatas.

—Hace unos días te envié una lista preliminar —respondió ella con sorpresa—. Por eso estaba ahí fuera, por si querías decirme qué te había parecido.

Danica sacó de una carpeta un correo electrónico impreso y lo dejó encima de la mesa.

Luke echó un vistazo al papel; después, alzó la cabeza bruscamente.

—Creía que esa lista era de candidatas rechazadas, la borré inmediatamente —Luke echó a un lado el folio—. Han pasado cinco días laborables. Necesito resultados. Ya.

¿Que había borrado la lista, con el trabajo que le había costado? ¿Y ni siquiera se había molestado en enviarle un correo electrónico para decirle que había recibido el suyo?

–¡Sé perfectamente que han pasado cinco días laborables! –respondió ella alzando la voz–. Y, durante esos cinco días, has ignorado mis mensajes, mis llamadas, la petición a hablar contigo y los mensajes por el móvil.

¿Cómo se atrevía ese hombre a responsabilizarla de la situación?

–¡Solo me ha faltado desfilar desnuda delante de esos cristales para conseguir que me prestaras atención! –añadió Danica.

El brillo de los ojos de Luke cambió. A ella se le erizó la piel.

–Respondo cuando tengo algo que decir. Cuando no contesto, significa «no» –Luke esbozó una medio sonrisa–. Aunque a nadie se le ha ocurrido pasearse desnudo.

A Danica de le enrojecieron las mejillas visiblemente.

–Si es así como tratas a tus empleados cuando intentan ponerse en contacto contigo, no me extraña que hablen como si la empresa estuviera a punto de venirse abajo.

–Eso no es verdad –respondió él apretando los labios.

–Aquí, encerrado en esta sala acristalada, estás aislado de lo que pasa ahí fuera –Luke tenía poder y era rico, quizá eso le impidiera ver realmente lo que ocurría a su alrededor–. Me tienes trabajando en una especie de armario porque no quieres que nadie se entere de lo que estoy haciendo aquí, e incluso yo sé que hay problemas con el trato con el Grupo Stavros. Tienes que hablar con sus empleados. Empezando por mí.

Luke le lanzó una mirada gélida.

—De acuerdo, hablemos. Si tienes problemas en cumplir la tarea que te he asignado, quizá debamos considerar la situación.

¿Qué? Danica había dicho a sus padres que iba a pagar el tratamiento de Matt. Se negaba a no cumplir lo prometido.

—Estoy cumpliendo la tarea que se me ha encomendado. Esa lista es el resultado de una investigación impecable. Todas y cada una de las mujeres de la lista cumplen con tus requisitos —Danica respondió con una mirada encendida a la frialdad de la de él—. ¿Por qué la borraste?

Luke se puso en pie.

—Me enviaste una lista que yo ya conocía. Por lo tanto, no me sirve de nada.

Danica también se puso en pie. No iba a dejarse intimidar. Alzó la cabeza para poder mirarle a los ojos.

—Puede que te resulte difícil de creer, pero no todas tus aventuras amorosas aparecen en Internet. Por eso te envié la lista, para que hicieras algún comentario. Necesito que me des tu opinión.

Danica se inclinó sobre el folio y puso el dedo índice en el papel, indicándolo. Luke arqueó las cejas con expresión desdeñosa, agarró el papel, lo arrugó y lo tiró a la papelera. Después, plantó ambas manos en la mesa y ladeó el torso. Les separaban escasos centímetros.

–Las mujeres de tu lista trabajan en el campo de la tecnología. ¿Crees que sé quién tiene talento en este campo? No necesito que me recuerdes a las personas que conozco o que he podido considerar. Lo que necesito es que encuentres a alguien que no se me haya podido pasar por la cabeza.

Danica lanzó un bufido.

–¿Recuerdas lo que he dicho sobre la comunicación? Esta información me habría resultado muy útil hace una semana.

Luke se acercó más a ella. Olía a frutos cítricos. Le hizo pensar en un tigre acorralando a su presa. La presa creyendo que podría escapar. Pero el tigre estaba disponiéndose a lanzarse sobre la presa y a devorarla.

–Tú eres la profesional en esto, no yo –dijo él controlando la voz–. Pero el sentido común dicta que el profesional debe adelantarse a lo que el cliente necesita.

–Tú…

Danica se interrumpió. Luke tenía razón. Había pasado por alto un requisito básico en su investigación: averiguar qué candidatas habían sido rechazadas previamente. Y sí, también él podría haberle explicado el problema con más tacto. Pero de haberlo hecho, no sería Luke Dallas.

–Tú… En fin, sí, tienes razón. Lo siento. Si quieres que siga con el trabajo, prepararé otra lista.

Danica le miró a los ojos. Había esperado frío desdén, pero vio algo cálido en los ojos azules de ese hombre. Una chispa se encendió en su pecho mientras se sostenían la mirada.

–Solo contrato a gente que sabe hacer su trabajo. Sigues trabajando para mí, pero espero mejores resultados –Luke se apartó y volvió a ocupar su asiento.

Danica se sintió desilusionada.

–Los tendrás. Te lo prometo –Danica se volvió para marcharse.

–Cena conmigo.

–¿Qué? –Danica giró sobre sus talones bruscamente.

–Creo que no he prestado la atención necesaria a este proyecto. Está claro que no tienes suficientes datos para realizar tu trabajo de la mejor manera posible. Y, en este momento, no dispongo de tiempo. Pero tendré que cenar esta noche, así que lo haremos juntos.

–Dicho así… ¿cómo podría negarme?

–Te mandaré un mensaje al móvil con la dirección. Supongo que ir a la ciudad no será un problema para ti, ¿no? –la pregunta había sido retórica.

San Francisco estaba a casi una hora en tren, dependiendo de los horarios, y su agotado cerebro soñaba con cenar en pijama mientras veía una película con Mai, su compañera de piso. Pero forzó una sonrisa.

–No, ningún problema.

–Bien. Tengo cosas que hacer antes, así que nos reuniremos allí.

Danica salió de la estancia antes de que el tigre se diera cuenta de que la presa había escapado.

31

Capítulo Tres

Danica no había esperado un establecimiento así para su cena con Luke, sino un restaurante con manteles blancos y camareros con pajarita. Pero aquello... Se quedó contemplando el letrero de neón con el nombre del restaurante, un letrero que no debían haber limpiado en años. Sí, esa era la dirección, no se había equivocado. Enderezó los hombros, paseó la mirada por los grafitis que adornaban la fachada y entró.

El interior de la taquería le recordó a una antigua cafetería, con mesas laminadas en blanco y sillas de plástico rojas sobre un suelo de linóleo a cuadros blancos y negros. Había gente delante de la barra del bar y camareros hablando en inglés y español. Olía a tortillas de maíz recién hechas y eso le recordó el tiempo que había pasado desde lo último que había comido, una barra de cereales y proteínas sentada delante de su escritorio.

Al menos, ahí su atuendo no desentonaría, como había temido que fuera el caso. Llevaba una blusa de poliéster color crema y una falda azul marino que la permitían encajar en ese ambiente dispar; la clientela iba de adolescentes a ejecutivos.

Sonrió al ver a una madre ofrecerle un trozo de tortilla de maíz a un niño pequeño. Pero, inmediatamente, un hombre alto y fuerte que hacía cola para pedir llamó su atención. Iba con unos vaqueros gastados que dejaban adivinar sus muslos y perfectas nalgas.

En ese momento, el hombre se volvió y la saludó con la mano. Ella, rápidamente, apartó la mirada, avergonzada de haberse quedado mirándole.

—Danica, aquí —gritó él.

Danica tardó unos segundos en darse cuenta de que aquella perfección enfundada en unos vaqueros era su jefe. Tragó saliva. Y reconoció que la parte delantera de él era tan atractiva como la parte trasera. La camisa azul que llevaba hacía juego con sus ojos. El pelo, mojado, lo llevaba peinado hacia atrás, evidencia de que acababa de darse una ducha. Sus sospechas se confirmaron cuando, al acercarse a él, olió a jabón.

—Bien, ya estás aquí —dijo Luke—. ¿Qué quieres tomar? —Luke señaló la pizarra con el menú que colgaba de la pared—. Los burritos son excelentes. Pero si prefieres otra cosa…

Luke le dedicó una de sus sonrisas y a ella le dio un vuelco el estómago.

—Sí, un burrito —contestó Danica mirando la pizarra sin conseguir leer lo que ponía porque la proximidad de él le embriagaba los sentidos—. Pero sin demasiado picante, por favor.

Luke arqueó las cejas.

—¿Te parece bien cenar aquí? Si no te gusta esta clase de comida, podemos ir a otra parte —dijo Luke en un tono que parecía insinuar que le resultaba incomprensible que a alguien no le gustara la cocina mejicana.

–Me gusta probar cosas nuevas –dijo ella.

–¿Alguna otra cosa que deba saber? ¿Eres vegetariana? ¿Tienes alergia a algún alimento?

Danica lanzó una carcajada. Él sonrió traviesamente, nunca le había visto tan relajado.

Luke se puso a hablar en español con el hombre detrás de la barra. Después, agarró con una mano las dos botellas de cerveza mejicana que le dieron y con la otra mano la empujó hacia una mesa.

Danica se sentó en una silla roja de plástico. Era solo una cena de trabajo con su jefe, algo que Johanna y ella habían hecho con frecuencia. Sin embargo, Johanna nunca le había acelerado el pulso.

Danica se aclaró la garganta.

–¿Qué número nos han dado? Iré yo a recoger la comida.

–No es necesario –dijo Luke colocando una de las botellas de cerveza delante de ella–, Enrique nos traerá la comida.

Danica miró a su alrededor, todo el mundo iba a la barra a por sus bandejas de plástico con la comida que habían pedido.

–¿Otra de las ventajas de ser el director de Ruby Hawk?

–No, no por ser un director ejecutivo, sino por Ruby Hawk –Luke utilizó la botella para señalar a un grupo de animados adolescentes riendo y bromeando mientras comían. Los chicos llevaban una camiseta de baloncesto amarilla con un pájaro rojo estampado. Le recordaron a su hermano–. Ruby Hawk patrocina la liguilla de baloncesto y Enrique les deja comer aquí los días que hay partido. Creo que Enrique lleva la peor parte.

Danica sonrió.

—Entiendo. ¿Lo que me dijiste que tenías que hacer tenía que ver con la liga de baloncesto?

—¿Cómo lo has adivinado?

Danica señaló el pelo mojado de él.

—Dudo que una reunión de negocios requiera champú después.

Su mente conjuró la imagen de él desnudo bajo la ducha, el agua cayéndole por el cuerpo… La cerveza se le atragantó. Dejó la botella en la mesa y se agachó para rebuscar en su bolso.

Una vez convencida de que su rostro volvía a tener su color normal, se incorporó en el asiento y trató de adoptar ademán profesional.

—Bueno, como te dije antes, sé que tienes razón. No se me había ocurrido investigar fuera de tus círculos. Estas candidatas se ajustan más a tus requerimientos… —Danica le pasó una carpeta.

Luke apartó la carpeta.

—Es posible. Pero nunca hablo de trabajo cuando tengo hambre, no es bueno para los negocios. Mira, ahí viene nuestra comida.

El hombre que había anotado el pedido dejó una bandeja en la mesa y volvió a hablar en español con Luke, ambos acabaron riendo y estrechándose las manos.

Cuando el hombre ser fue, Luke se volvió hacia ella y dijo:

—Vamos, híncale el diente.

Luke se recostó en el respaldo de la silla. Después del partido de baloncesto se encontraba mucho más relajado, la tensión que le había agarrotado los músculos tras la reunión con Nestor había desaparecido. Además, no podía negar que le gustaba mirar a Danica.

Ella paseó los ojos por la taquería, sonriendo. Notó que se fijaba en el joven equipo de baloncesto antes de volver la atención al plato de comida.

—El burrito es increíble —dijo Danica dando otro mordisco con expresión de puro placer.

Luke se preguntó qué otras cosas podrían causarle esa expresión y tuvo que cambiar de postura en el asiento.

—Está aún mejor con salsa —dijo Luke antes de meterse en la boca un trozo de esa mezcla de queso, judías y arroz envuelta en una tortilla de maíz.

—No, ni hablar —dijo ella con un suspiro de satisfacción antes de beber un trago de cerveza.

Luke se fijó en la boca de ella, en sus labios llenos. Al verla tragar, su entrepierna reaccionó.

Sus miradas se encontraron en ese momento. Los ojos de ella no eran solo verdes, estaban salpicados de motas doradas.

Danica bajó la mirada, rompiendo la conexión. Él recuperó la compostura. Se recostó en el respaldo de la silla y revolvió la salsa con un trozo de tortilla de maíz. «Analiza la situación, no dejes que te controle», se amonestó a sí mismo.

Una mujer atractiva estaba provocando una reacción fisiológica en él. Era comprensible. La última relación que había tenido con una mujer, si podía llamarse así, había acabado hacía tres meses. Los problemas de falta de capital le habían tenido muy ocupado, sin dejarle tiempo para nada más. Le gustaba el sexo y lo echaba de menos.

Pero no iba a acostarse con Danica. Sí, esa mujer tenía unos ojos impresionantes y unas curvas tentadoras. Y el cerebro también le funcionaba. Era lista, perceptiva e ingeniosa. Y se alegraba de que Danica hubiera aceptado cenar con él.

No obstante, Danica trabajaba para él, y ese trabajo consistía en buscarle una mujer con quien casarse.

A pesar de todo, seguía apeteciéndole besar a Danica.

Ella se aclaró la garganta. Se sonrojó antes de volver a poner la carpeta delante de él.

—Bueno, ahora que ya no tienes hambre, ¿te parece que hablemos de trabajo?

—De acuerdo —Luke abrió la carpeta, echó un vistazo a los quince nombres que tenía delante, cerró la carpeta y se la devolvió a Danica—. No.

—¿Qué? He hecho lo que me has pedido. Ninguna de estas mujeres trabaja en el campo de la tecnología, tienen la educación que tú quieres y también la experiencia de trabajo que exiges. Y apenas te has fijado en quiénes son.

—Te he invitado aquí con el fin de darte los datos necesarios para que puedas hacer bien tu trabajo. Esta lista la has elaborado antes de la cena; por lo tanto, es inherentemente incorrecta –observó él con impecable lógica.

Danica respiró hondo y soltó despacio el aire.

–Vamos a empezar por el principio. ¿Por qué necesitas casarte? –al verle vacilar, ella sonrió–. He firmado un contrato de confidencialidad, no lo olvides. No podré divulgar nada de lo que me cuentes.

Luke se aclaró la garganta.

–Nestor e Irene Stavros… En fin, me están haciendo chantaje.

Danica parpadeó.

–Eso es algo que jamás hubiera imaginado.

–Irene y yo… –«¿nos acostábamos juntos cuando no teníamos otra persona al lado? ¿Éramos amigos, pero nos entreteníamos?

–Tuvisteis una aventura –concluyó Danica.

–Exactamente –concedió él–. Empezó en la universidad, nos veíamos de vez en cuando. Sin embargo, cuando yo monté Ruby Hawk, acabé con la relación, definitivamente.

–¿Algún motivo en particular?

–¿Tiene eso importancia?

Danica le lanzó una mirada de amonestación, lo que la hizo aún más deseable.

–Irene es muy competitiva, lo mismo que yo –explicó él–. Supongo que es lo que nos unió al principio. Nos gustaba competir.

–Entiendo –murmuró ella tomando notas.

–Pero cuando descubrí que Irene estaba interesada en incluir a Ruby Hawk en nuestra relación… Ahí se acabó todo.

–Deja que lo adivine. Hace un rato dijiste que no hablas de negocios cuando tienes hambre; es decir, no mezclas los negocios con el placer, ¿me equivoco?

–Evito los estimulantes, como el sexo o la comida, en el trabajo.

–Está bien. Rompiste con Irene. Continúa.

–Nada, eso fue todo… hasta que empecé a buscar capital para la empresa.

Danica frunció el ceño.

–No lo comprendo.

–Ruby Hawk necesita capital adicional para expandirse y alcanzar su pleno potencial.

–Yo creía que era una empresa de gran éxito.

–Sí, y así es. Pero, para seguir creciendo, necesitamos contratar más personal e invertir en equipo nuevo. Llevaba un año buscando inversores o gente a la que le interese fusionarse con nosotros. Fue entonces cuando Nestor, el padre de Irene, me llamó –Luke clavó los ojos en la botella de cerveza–. Ruby Hawk ha desarrollado una forma revolucionaria de aplicar tecnología de biorretroalimentación a los juegos de ordenador. El Grupo Stavros está intentando ampliar su esfera de influencia en lo que a los juegos de ordenador se refiere. Si incorporáramos nuestras patentes en sus juegos podríamos ofrecer una nueva experiencia en el campo del mundo virtual. Sería fantástico para ambas empresas.

Danica empequeñeció los ojos.

–En ese caso, si es tan ventajoso y el padre de Irene te llamó, ¿cómo es que ella te está chantajeando?

¿Cómo explicar las retorcidas relaciones entre la familia de Irene y la suya durante décadas?

39

–Quizá chantaje no sea la palabra adecuada.

Danica dejó el bolígrafo.

–No podré ayudarte si no eres franco conmigo.

–Este asunto no es solo una cuestión entre Irene y yo, data de generaciones. No es ningún secreto, mi madre es una Durham.

–No sé qué significa eso –declaró Danica.

–La familia Durham fue una de las primeras en amasar una fortuna durante la fiebre del oro en San Francisco. Esa familia ayudó a la reconstrucción de la ciudad después del terremoto de mil novecientos seis; con lo que ganó mucho dinero, por supuesto. Pero cuando mi madre nació, la fortuna de la familia Durham había desaparecido.

–En ese caso, ¿por qué se habla tanto de tu…?

–¿De mi dinero?

Danica asintió, disculpándose con un encogimiento de hombros.

–Se debe a mi bisabuelo, por parte de padre. Fundó una cadena de grandes almacenes. El negocio se vino abajo, pero mi bisabuelo también era propietario de los terrenos en los que estaban los grandes almacenes, y esos terrenos valían dinero. Mucho dinero.

–Entendido. ¿Y qué tiene que ver Irene en todo esto?

Luke miró al techo. La trampa de Nestor aún le encolerizaba.

–Mi madre iba a casarse con Nestor Stavros, pero rompió con él la noche antes del día de la boda y se escapó con mi padre. Nestor aún no se había hecho rico, pero mi padre iba a heredar millones de dólares.

Danica, que se había quedado boquiabierta, cerró la boca bruscamente.

—Irene y yo conocíamos la historia de la familia, quizá fuera eso lo que nos unió en un principio. A Nestor no parecía importarle. Incluso hice prácticas en su empresa antes de acabar los estudios. Por eso, cuando me llamó para proponerme la adquisición de Ruby Hawk, me pareció una respuesta racional para ambos negocios.

—Pero no ha sido así, ¿verdad? —comentó ella en voz baja.

—No. Nestor quiere quitarme la empresa para vengarse de que mi padre le quitara a mi madre.

Le había costado mucho decir eso. Había hecho grandes esfuerzos para protegerse del ambiente tóxico en el que había crecido, con numerosos padrastros y hermanastros apareciendo y desapareciendo de su vida. La informática había sido su refugio.

Danica apretó los labios, que adoptaron una forma de corazón.

—Espera un momento. ¿Te dijo eso con esas mismas palabras? ¿En voz alta? Porque si el trato es tan ventajoso para ambas empresas, ¿cómo va a justificar su actitud delante de la junta directiva de la suya?

Luke bebió un sorbo de cerveza.

—Ahora que lo mencionas, Nestor me dijo que la junta directiva de su empresa había insistido en incluir una cláusula de ética en el contrato. En ella se estipula que, si no cumplo con las exigencias morales impuestas por la junta directiva del Grupo Stavros en un plazo de sesenta días, o bien se reservan el derecho de no firmar el contrato o a mí me apartan de mi empresa. En cuyo caso, tal y como Nestor me ha dicho, mi reputación se vería arrastrada por los suelos. Se me consideraría demasiado inestable o incapaz para trabajar en el Grupo Stavros.

–¿Inestable? –repitió ella con incredulidad.

–Y al protestar, Nestor sacó a Irene a relucir. Ella le respaldó, citando la cantidad de veces que la abandonó. Por supuesto, Irene olvidó mencionar que nuestras rupturas, en el pasado, habían sido de acuerdo mutuo.

–Por lo que dices, a Irene pareció molestarle que pusieras fin a la relación –dijo Danica mirándole–. ¿Estás seguro de que esto se debe a lo que pasó entre Nestor y tu madre, y no a lo que hubo entre Irene y tú?

–Estoy convencido de que se debe a una venganza relacionada con el pasado. Pero no voy a renunciar a Ruby Hawk. Yo dirijo esa empresa, punto.

–Todo el mundo sabe que el éxito de Ruby Hawk se debe a ti.

Luke respiró hondo, tratando de controlar la ira que sentía.

–Mis abogados y yo hemos examinado bien esa cláusula del contrato –dijo él–. En resumen, si no «restrinjo mi estilo de vida libidinoso», eso es lo que pone literalmente, en un plazo de sesenta días, el Grupo Stavros se reserva el derecho de no firmar el contrato de adquisición o, de firmarlo, se prescindirá de mis servicios. La única forma de cumplir con los términos de esa cláusula es casándome. Y me refiero a un matrimonio de verdad, no a un apaño durante unos meses.

Danica parpadeó.

—¡Vaya! Qué drástico.

—Sí, así es Nestor. Por lo tanto, si tengo que casarme, necesito a una mujer capaz de enfrentarse al estrés y a las presiones del círculo en el que me desenvuelvo. Ahí es donde entras tú.

Danica se recostó en el respaldo de su asiento y miró al techo. Y él no pudo evitar notar cómo la postura le estiraba el tejido de la blusa a la altura de los pechos. Sí, esa mujer le gustaba. Pero Danica no era la solución a su problema.

—¿Por qué no…? —dijo ella lentamente, como si estuviera pensando—. ¿Por qué no te casas con Irene? Eso solucionaría tus problemas.

A Luke se le atragantó la cerveza.

—Se lo pedí. Y ella se rio en mis narices. Lo único que quieren es quitarme la empresa, eso es lo que quieren —Luke arrugó la servilleta y la tiró encima de la mesa—. Ahora ya sabes qué es lo que pasa. Hablemos de cómo vas a buscar a las posibles candidatas. Me quedan cincuenta y dos días.

—Hasta ahora, me has hablado de ti, me has contado cosas de tu familia y de la familia Stavros. Pero ¿qué me dices de la mujer que se supone que debo encontrar para ti? ¿Cómo va a encajar ella en esto?

Era una buena pregunta, una pregunta que no se había hecho a sí mismo, por eso respondió con lo primero que se le ocurrió.

—Será recompensada.

Danica agrandó los ojos con expresión de horror.

—El dinero no hace un matrimonio —declaró ella

pronunciando todas y cada una de las sílabas con suma claridad.

–Perdona, pero opino lo contrario –dijo él encogiéndose de hombros.

Danica se inclinó sobre la mesa, unos rizos rubios le cayeron sobre el hombro izquierdo.

–Cuando se inició la guerra en Croacia, mis padres renunciaron a todo por seguir juntos: familia, país, comunidad religiosa… Vinieron a Estados Unidos sin un céntimo. Pero se querían, y eso nos hacía más ricos que la mayoría de los chicos con los que jugábamos.

Luke parpadeó. Ahora se enteraba de que los padres de Danica eran refugiados.

–Eso es admirable. Hay que tener mucho valor para empezar una nueva vida.

Danica sonrió, fue como un rayo de luz abriéndose paso entre las nubes.

–Gracias. Y fue el amor lo que les dio fuerza para…

–Es una historia muy bonita. Me alegro por ellos. Pero, en lo que a mí concierne, el matrimonio es un contrato entre dos personas que deciden hacer una inversión conjunta –Luke volvió a encoger los hombros–. Normalmente, invierten en los hijos. Pero ambas partes también necesitan protección económica individualmente. La candidata elegida tendrá eso.

Danica se masajeó las sienes. Casi nunca tenía dolor de cabeza, pero era como si alguien se la estuviera golpeando con un martillo. No era posible que Luke creyera lo que acababa de salir de su boca.

–Yo pensaba que… Creía que querías enamorarte de alguien y que me habías contratado para eso.

–Es un negocio. Por eso te he contratado.

–Pero… ¿y el amor? ¿No quieres enamorarte?

Luke la miró como si le diera pena.

–Los humanos confunden las endorfinas del placer sexual con el amor, y entonces utilizan esa confusión para manipular a los demás. Pero es solo una reacción química causada por hormonas programadas para producir respuestas neurológicas –Luke alzó una mano para acallar la protesta de ella–. Sí, lo sé. Tu familia. Pero créeme, he visto la situación de la que estoy hablando con muchísima más frecuencia que la que tú pintas.

¿Cómo podía alguien como Luke, con todo lo que tenía a su favor, exhibir semejante cinismo? Se le encogió el corazón.

Danica sacó el móvil de su bolso y abrió la aplicación de búsqueda de vehículos compartidos.

–Por la mañana tendrás otra lista de posibles candidatas –declaró ella levantándose del asiento–. Gracias por la cena. Hasta mañana.

Luke también se levantó.

–Me gustaría seguir hablando del asunto esta noche. No disponemos de mucho tiempo.

–Los requisitos no han cambiado, solo ciertos parámetros. Enfocaré las entrevistas de manera distinta, centrándome en la opinión de las candidatas respecto al matrimonio –Danica trató de sonreír sin conseguirlo del todo–. Te mandaré la lista con las candidatas esta noche para que la tengas mañana por la mañana. Y gracias por el burrito.

Danica giró sobre sus talones, salió del restaurante y se dirigió a la esquina de la calle más próxima. El coche que había pedido por la aplicación del móvil para que la llevara a la estación de tren no tardaría en llegar. Y estaba deseándolo.

¿Cómo era posible que ese hombre no creyera en el amor? El amor era una necesidad humana básica, tan esencial como la luz del sol o el agua. Era consciente de que la gente se casaba por distintos motivos, pero la actitud de Luke era tan cínica, tan fría…

–Danica, espera –dijo una voz a sus espaldas.

Danica luchó contra la excitación que esa voz le provocó y se dio media vuelta.

–¿Me he dejado algo en el restaurante?

–Sé lo que estás pensando –Luke se pasó una mano por el cabello, revolviéndoselo. El gesto le hizo parecer más accesible, más atractivo, si eso era posible–. Sé que crees que estoy haciendo esto por una antigua enemistad. Y puede que tengas razón. Pero también lo hago por mi equipo, a quien he contratado yo mismo. En vez de un salario, acciones de la empresa cuando empezamos. No soy tan despiadado como crees.

Luke se acercó a ella, acelerándole el pulso.

–No es eso lo que pienso –respondió Danica.

–Disimulas muy mal –dijo Luke con una sonrisa ladeada.

–Sé muy bien lo que significa perder el trabajo de tu vida. Haré todo lo que pueda, lo haré por tu equipo. Pero, si quieres que te sea sincera, creo que un matrimonio basado en algo como lo que tú has descrito está destinado al fracaso.

—Yo nunca fracaso —la sonrisa de él hizo que su atractiva boca resultara irresistible.

—Siempre hay una primera vez.

—Ya veremos —al hablar, el aliento de Luke le acarició la mejilla.

Danica sintió un intenso calor, un deseo de hacer algo estúpido de lo que acabaría arrepintiéndose, como ponerle las manos en las nalgas para ver si eran tan firmes como parecían debajo de los vaqueros. Por suerte, un coche que se ajustaba a la descripción dada por la aplicación del móvil dobló la esquina.

—Creo que ese es el coche que he pedido.

Danica se volvió al mismo tiempo que él alargó el brazo para abrir la puerta del vehículo. Se chocaron. Los senos de ella se estamparon contra el torso de él. Instintivamente, se agarró a los brazos de Luke; este, al mismo tiempo, la rodeó con los brazos.

Se miraron a los ojos y se sostuvieron la mirada. Danica no lograba llenarse de aire los pulmones.

—Perdona… —dijo él.

La mirada de Luke se oscureció, haciendo una pregunta que ella respondió poniéndose de puntillas para buscar la boca de él.

La respuesta de Luke fue inmediata. Sus labios eran firmes, cálidos e insistentes. Sintió un estallido en lo más profundo de su cuerpo cuando él la estrechó contra sí.

Llevaba queriendo besar a Luke Dallas desde el momento en que le vio por primera vez, en la oficina de Johanna. Dudaba poder separar los labios de los de él, hacía mucho tiempo que nadie la besaba.

Luke le acarició la boca con la lengua y ella le devolvió el favor. Oyó un gemido y se dio cuenta de que había salido de su propia garganta.

El claxon de un coche desgarró la nube de placer que la envolvía. Bruscamente, se apartó de Luke y se llevó una mano a los labios.

Luke se metió las manos en los bolsillos de los vaqueros y se la quedó mirando.

–Tengo que irme.

Luke asintió.

–Sí, claro… –Luke se aclaró la garganta–. Bueno, hasta mañana.

–Hasta mañana –respondió ella asintiendo.

Danica logró meterse en el coche. Poco a poco, vio desaparecer la figura de Luke con las manos en los bolsillos mientras veía al vehículo alejarse.

De repente, lo que había pasado la dejó horrorizada. ¿Qué habían hecho? Luke la había contratado, era empleada de él. Su trabajo consistía en buscarle a una mujer con la que casarse. Necesitaba el dinero que le había prometido a su familia. ¿Acababa de poner en riesgo su trabajo y, por tanto, el hecho de que su hermano pudiera someterse al tratamiento?

¿Cómo iba a poder mirar a Luke a la cara por la mañana?

Y los labios no dejaban de arderle.

Capítulo Cuatro

Danica entró en las oficinas de Ruby Hawk con un nudo en el estómago. ¿Qué iba a decirle a Luke después del beso de la noche anterior? Y, más importante aún, ¿qué iba a decirle Luke a ella?

Era poco profesional besar al jefe; sobre todo, cuando ese jefe era Luke Dallas, *enfant terrible* de Silicon Valley, conocido por sus innumerables aventuras amorosas con modelos, actrices y demás famosas. No, no solo era poco profesional, también era vergonzante.

«Pero él también te besó». Luke había sido el primero en abrir la boca, la había invitado con la lengua. Danica no conseguía recordar cómo había llegado a su casa ni cómo se había metido en la cama, de lo único que no acordaba era de la boca de él, ni demasiado dura ni demasiado blanda, perfecta; de las manos de él en su espalda…

Consiguió llegar a su mesa de trabajo sin torcerse un tobillo y encendió el ordenador. Al instante, vio en su correo que tenía un mensaje de Luke. Lo abrió. Era un mensaje escueto y directo:

Creo que dispones de la información necesaria para encontrar posibles candidatas. Voy de camino a Tokio, espero una lista completa para cuando aterrice.

Un mensaje frío y profesional. Y ella respondió:

Gracias por la cena. Tendré en cuenta todo lo que me has dicho.

Envió el mensaje inmediatamente. Era lo mejor que podía haber pasado. Seguía siendo empleada de Luke y recibiría el dinero que él le había ofrecido. Pero cuando llegó la hora del almuerzo, el único mensaje que recordaba de los que había recibido era el de Luke.

Pasó las dos semanas siguientes trabajando. Luke fuera de la ciudad. No obstante, hacía caso a lo que ella le había dicho sobre la necesidad de comunicarse y respondía a todos sus mensajes.

Al comenzar el trabajo el lunes de la tercera semana Danica lanzó un suspiro de satisfacción. Por fin, dos de las candidatas cumplían todos los requisitos. Luke se citó con una al regresar a California e, inmediatamente, le pidió otra cita. Mientras esperaba a que Luke le informara sobre el segundo encuentro, ella se adelantó y lo arregló todo para que conociera a la segunda candidata. Solo necesitaba encontrar una tercera para completar su trabajo y salir por las puertas de esa empresa con un sustancioso cheque en la mano y su integridad profesional intacta.

Solo había un problema con completar su trabajo. El éxito significaba que ya no volvería a ver a Luke. Mejor olvidarse de ese beso, a pesar de que ocupaba sus más eróticos sueños.

Abrió el correo electrónico y escribió un mensaje a Luke:

Todo arreglado para esta noche. Felicity Sommers se reunirá contigo a las siete de la tarde en la sede de la Sociedad Península para recaudación de fondos en Atherton. Le he dicho que es para ocupar el puesto de trabajo vacante y que quieres reunirte allí con ella con el fin de que podáis hablar de cómo enfocar el trabajo.

Hacía tiempo que Danica se había dado cuenta de que necesitaba una excusa para su investigación. No podía decirles a las candidatas, de buenas a primeras, que estaba buscándole una esposa a Luke Dallas; sobre todo, si quería que los medios de comunicación no se enterasen. Por lo tanto, decía a las posibles candidatas que estaba buscando a alguien para ocupar el puesto de director de una sociedad con fines benéficos patrocinada por Ruby Hawk. El puesto de trabajo estaba vacante, así que no era todo mentira.

El resto era asunto de Luke. Aunque pensar en él caminando hacia el altar con una de las mujeres que ella había seleccionado le producía náuseas.

En ese momento, recibió la respuesta a su mensaje:

Perfecto. Confirmo la cita con Felicity. Y prescinde de Jayne Chung.

Danica frunció el ceño. Jayne era la primera candidata con la que Luke había accedido a citarse. En principio, era perfecta: educada en Harvard, licenciada en planificación urbanística y desarrollo, y ahora estaba trabajando para en una empresa con fines benéficos dedicada a crear espacios ajardinados en lugares donde no había ninguno. Ah, y se había pagado los estudios desfilando como modelo de alta costura en Nueva York y París durante las vacaciones.

Creía que el primer encuentro con ella había ido bien. ¿Ha pasado algo? ¿No te ha dejado anonadado?

Él ignoró la broma.

No es la persona apropiada.

Jayne no era la persona apropiada…

Más input, *por favor.*

Pero no obtuvo respuesta. Se recostó en el respaldo de la silla. Normalmente, Luke le contestaba, aunque fuera una respuesta escueta y cortante.

Danica suspiró y cerró la ventana con el correo. El motivo por el que Luke no le había contestado era sencillo: dirigía una empresa de tecnología punta multimillonaria y ella era una empleada contratada para realizar una única tarea, nada más.

Y dada la negativa a considerar a Jayne, imaginaba que tendría que ponerse a buscar a una tercera candidata inmediatamente. Al principio, le había gustado Felicity, la mujer con la que se había citado Luke ese día; pero ahora ya no estaba tan segura. Había algo que no le gustaba nada de esa mujer.

El teléfono sonó. Se miró el reloj, las siete menos cuarto. Era hora de volver a casa, ya no podía hacer nada más ese día. Luke, vestido con un esmoquin, estaría dándole al aparcacoches las llaves de su vehículo delante de la entrada de la sala en la que iba a celebrarse la fiesta para la recaudación de fondos. Al imaginar esos anchos hombros enfundados en un esmoquin el teléfono estuvo a punto de caérsele de las manos.

−¿Sí?

−¡Danica! Menos que has contestado.

−¡Aisha! −su investigadora preferida parecía asustada. Y Aisha McKee nunca se asustaba−. ¿Qué pasa?

−Felicity Sommers. Tenemos un problema.

−¿Qué problema?

Aisha suspiró.

−Hoy me he enterado,por uno de los medios de comunicación, que Felicity está prometida. Se prometió con su novio hace un mes, pero aún no se lo han dicho a sus padres.

−¿Qué? ¡Eso es terrible!

−Y aún no te he dicho lo peor. Su prometido es Cinco Jackson −declaró Aisha.

−Cinco Jackson… Espera, creo que he oído ese nombre… −Danica abrió otra ventana en el ordenador y buscó la página web de la revista *Silicon Valley Weekly*. Al cabo de unos segundos, cerró los ojos apretando los párpados con fuerza−. Es el periodista responsable de los últimos artículos sobre Ruby Hawk.

−Exacto −Aisha suspiró−. Siento mucho no haberme dado cuenta antes. Al parecer, aún no se lo han dicho a los padres de Felicity porque uno de los artículos de Cinco Jackson hizo mucho daño a un amigo del padre de Felicity. Esto me lo ha contado una de las amigas de facultad de Felicity.

Danica rememoró la conversación que había tenido con Felicity. No, esta no le había mencionado que iba a casarse. Tenía que advertirle de ello a Luke. Si él se confiaba en ella y Felicity se lo contaba a Jackson…

—Tengo que dejarte —Danica apagó el ordenador portátil—. Gracias por llamarme para contármelo. Te llamaré pronto.

Danica marcó inmediatamente el número de Luke, pero no obtuvo respuesta. Solo le quedaba una opción. Pidió un coche por teléfono.

Reinaba un animado bullicio en Aylward–Hopkins, la mansión en la que se había reunido la alta sociedad de la zona de la bahía para celebrar la Noche de Montecarlo, la fiesta anual de la Sociedad de la Península.

Aunque era una noche dedicada al juego pero solo se apostaba con dinero falso, se esperaba recaudar unos quinientos mil dólares para las obras de beneficencia de la organización.

Luke estaba en la entrada, donde se había montado uno de los bares. Desde allí podía vigilar la llegada de los invitados y también las mesas de juegos próximas a la entrada. Unas puertas de cristales abiertas en la pared opuesta dejaban entrar el cálido aire de la noche proveniente del jardín.

Habría preferido quedarse en su casa en vez de estar ahí disfrazado con ese estúpido esmoquin; al fin y al cabo, ser miembro de la junta directiva de esa sociedad con fines benéficos debería ser más que suficiente para demostrar su apoyo a dicha sociedad. No obstante, sabía que la asistencia a ese tipo de eventos sociales era fundamental para lograr el éxito en los negocios, tan importante como tener un buen producto.

Una camarera con un vestido negro escotado le ofreció una copa de champán. El aceptó la copa y ella le sonrió y le guiñó un ojo.

En cualquier otro momento, Luke podía haber mostrado interés en ella. Pero, entre otras cosas, estaba allí para reunirse con... ¿cómo se llamaba? Sí, Felicity.

Una pena que no fuera Danica.

Ese beso...Y ese cuerpo, pegado al suyo, las suaves curvas ajustándose a él...Y ese gemido, grave y sentido...

Debía andarse con cuidado si no quería dejar la fiesta rápidamente para darse una ducha fría.

En ese momento, una bonita pelirroja cruzó la puerta de la entrada. Al verle, la pelirroja le saludó con la mano y él asintió.

Tenía que reconocer que Danica había hecho bien su trabajo. Felicity parecía una candidata perfecta. Llevaba un vestido de noche azul, elegante y sencillo, muy apropiado para la ocasión. Tenía una bonita sonrisa, le estrechó la mano con firmeza y le sostuvo la mirada con unos ojos marrones verdosos.

Los ojos de Danica eran verdes con motas doradas.

Cuando se enfadaba, sus ojos se tornaban verde esmeralda. Y al besarle aquella noche…

Con un sobresalto, se dio cuenta de que Felicity le estaba hablando.

–Muchas gracias por invitarme a esta fiesta. Había oído hablar mucho de la Noche de Montecarlo.

Luke se aclaró la garganta.

–Gracias por aceptar la invitación –Luke capturó la mirada de la camarera que le había dado la copa de champán–. ¿Te apetece beber algo?

Felicity titubeó antes de contestar.

–Mañana por la mañana, temprano, tengo una reunión. No debería… Pero bueno, sí, gracias –Felicity aceptó la copa de champán que la camarera le ofreció con una falsa sonrisa–. Es la primera vez que me ofrecen champán durante una entrevista de trabajo –Felicity lanzó una carcajada–. Aunque también es la primera vez que tengo una entrevista de trabajo durante una fiesta.

–Es poco ortodoxo, ya lo sé. Pero el puesto de trabajo también es inusual –el repentino brillo que vio en los ojos de Felicity le hizo contenerse–. Háblame de tu trabajo en Friedmann Adams. ¿Qué es lo que más te gusta de trabajar ahí?

Luke resistió la tentación de mirarse el reloj para ver cuánto tiempo más debía permanecer allí. No podía marcharse antes de tiempo, eso no le ayudaría a lograr los objetivos que se había propuesto. Si Felicity acababa no gustándole, Danica solo estaba obligada a proporcionarle una candidata más antes de cumplir con lo establecido en su contrato.

Danica…

Luke sonrió al recordar la conversación que habían tenido durante aquella cena y lo indignada que se había mostrado Danica después de que él le dijera que no creía en el amor. Por supuesto, comprendía que Danica creyera en los cuentos de hadas y en el amor para toda la vida. Era algo enraizado en la sociedad. Pero también era pura manipulación sentimental. Algo sin fundamento.

Al contrario que el sexo, un fenómeno físico. Algo que se podía estudiar científicamente. De poder estudiarlo con Danica…

–¡Y esa es la diferencia entre un pesimista, un optimista y un consejero financiero! –Felicity se echó a reír–. En resumen, eso es lo que yo hago.

Luke no había prestado atención. ¿Qué demonios le ocurría?

–Fascinante.

Felicity se colocó un mechón de pelo detrás de la oreja y paseó la mirada por el improvisado casino. Las mesas de juego se estaban llenando.

–No, me he dado cuenta de que no te lo parece en absoluto.

Le habían pillado infraganti.

–Hay mucho ruido aquí –dijo él–. Vamos a algún sitio más tranquilo.

–Buena idea –Felicity le dedicó una amplia sonrisa.

Felicity tenía unos bonitos labios, pero no sentía ningún deseo de besarlos. No le apetecía averiguar su sabor. Solo quería besar a una mujer…

De repente, de soslayo, vio a alguien agitando los brazos, tratando de atraer su atención. ¿Danica?

Durante unos segundos, temió que el subconsciente le estuviera jugando una mala pasada, pero entonces la vio sonreír y supo que era ella.

Y los ojos de Danica eran tal y como los recordaba. Brillaban con contenida emoción. ¿Se alegraba de verle? O… No, no era eso, algo pasaba. Al llegar a su lado, él le lanzó una interrogante mirada, pero ella, a modo de respuesta, sacudió la cabeza ligeramente y le ofreció la mano a Felicity.

—¡Hola! —exclamó Danica en voz animada y con una falsa sonrisa—. Me alegro de volver a verte.

Felicity le estrechó la mano al tiempo que arrugaba el ceño.

—Lo mismo digo. No sabía que fueras a venir aquí.

—¡Naturalmente que sí! No me perdería esta fiesta por nada del mundo.

Felicity paseó los ojos por el atuendo de Danica. Arrugó la nariz, como si algo no le gustara, lo que era completamente ridículo. Danica estaba preciosa. En vez de la falda y la blusa que vestía en el trabajo, llevaba un vestido negro sencillo con botones en la parte delantera, como si fuera la camisa de un hombre, y un cinturón.

—Entiendo —dijo Felicity.

Entonces, Danica se volvió a él.

—Bueno, ¿de qué habéis estado hablando? —Danica abrió desmesuradamente los ojos, como si intentara enviarle un mensaje.

—Felicity me ha contado un chiste sobre la diferencia entre los optimistas, los pesimistas y los consejeros financieros –respondió él. Al menos, creía que se había tratado de un chiste.

–Ya me lo contarás en otro momento –dijo Danica manteniendo la mirada fija en él–. ¿Habéis hablado del puesto de trabajo vacante?

–No –respondió Felicity. Y Luke volvió la cabeza en su dirección. Casi se le había olvidado que Felicity estaba allí–. No, no hemos hablado de eso. De hecho, me gustaría hacer unas preguntas al respecto.

–Sí, no me cabe la menor duda –dijo Danica apartando por fin los ojos de él–. Por eso he venido realmente, para ayudar a aclarar cualquier duda que puedas tener. Pero… –Danica se interrumpió y miró a un lugar a espaldas de Felicity–. Vaya, ¿no es ese Cinco Jackson, el que está en el bar? Sabes quién es, ¿no? Es el periodista que trabaja en la revista *Silicon Valley Weekly*. Me encanta cómo escribe.

Danica agitó la mano en dirección al periodista, que la ignoró.

¿Qué demonios estaba haciendo Danica? ¿Por qué quería llamar la atención de ese periodista? ¿Y a qué había ido allí? De repente, se dio cuenta de que, desde el beso, Danica y él no habían vuelto a hablar. Necesitaban hacerlo.

–Danica, podríamos hablar un momento…

Danica le dio un pisotón. Menos mal que no llevaba tacones, sino unos sencillos zapatos planos de salón negros.

–Mmm, no nos ha visto. Me encantaría conocerle. Supongo que tú no le conoces, ¿no, Felicity?

Felicity enrojeció visiblemente.

–La verdad es que sí, le conozco.

–¡Qué suerte! –exclamó Danica–. A través de la amiga de una amiga, ya sabes cómo son estas cosas, me he enterado de que está prometido. No puedes imaginar lo celosa que estoy.

¿Celosa? ¿Qué…? Luke abrió la boca para hablar, pero Danica volvió a darle con el pie.

–Felicity, ¿te pasa algo? –preguntó Danica–. ¿Se te ha atragantado el champán?

–¿Prometido? –balbuceó Felicity–. ¿Quién te ha dicho eso? Nadie sabe…

Al instante, Felicity cerró la boca, sin completar la frase.

Danica se llevó una mano al pecho y, fingiendo asombro, agrandó enormemente los ojos.

–¿Es verdad? Pero… ¿cómo es que tú…? ¡Oh, Dios mío, tú debes ser su prometida!

Luke logró apartar el pie antes de que Danica volviera a pisárselo.

–Supongo que habrá que felicitarte –dijo Luke, lanzando una mirada de advertencia a Danica, pensando que debía dejar de mostrar tanto entusiasmo.

Aunque no parecía que Felicity se hubiera dado cuenta de que Danica estaba exagerando. La pelirroja parecía un pez que, demasiado tarde, se había dado cuenta de que había picado el anzuelo.

–Yo… no voy a confirmar semejante cosa.

Danica le puso una mano en el brazo a Felicity.

–No te preocupes, no diremos nada a nadie.

–Pero yo no he…

—No tienes que decirlo —le interrumpió Danica—. No has dejado de mirar a Cinco Jackson desde que lo he mencionado.

—Yo… —Felicity apartó los ojos del periodista y se encogió de hombros—. Sí, es verdad. Y esta es la entrevista de trabajo más extraña de mi vida.

—Sí, es poco usual —concedió Danica con una radiante sonrisa.

—Así somos en Ruby Hawk —interpuso Luke—. Nuestros métodos de trabajo son muy poco ortodoxos. Quizá esta empresa no sea apropiada para ti.

—Sí, desde luego, es una empresa muy poco ortodoxa —apuntó dánica.

—¿Ha sido esto una prueba? —quiso saber Felicity.

—Luke, constantemente, se ve interpelado por gente que quiere sonsacarle información confidencial. Necesitábamos ver cómo reaccionarías en ese tipo de situaciones —dijo Danica hábilmente—. ¿Alguna cosa más que quieras saber?

Felicity lanzó una carcajada.

—Montones, pero no sobre el trabajo. Creo que los tres sabemos que he fallado —Felicity se encogió de hombros—. De hecho es un alivio. Supongo que ahora ya puedo decíroslo: Cinco ha aceptado un trabajo en Nueva York y nos vamos a vivir allí dentro de unos meses.

La sonrisa de Danica se desvaneció.

—En ese caso, ¿por qué decidiste presentarte para este trabajo?

—Me sentí halagada. No todos los días se recibe una oferta de trabajo para dirigir una fundación. Si la oferta hubiera sido demasiado buena para rechazarla... ¡Quién sabe lo que habría hecho!

Luke removió el champán en su copa.

—¿No te pidió Jackson que aceptaras la entrevista con la esperanza de que obtuvieras información sobre Ruby Hawk?

Felicity se mordió el labio inferior.

¡Menos mal! Danica había impedido que cayera en una trampa. Buscó la mano de ella y se la apretó con agradecimiento.

Danica se sobresaltó, pero no apartó los ojos de Felicity.

—¿Por qué no vas con tu novio a disfrutar el resto de la velada?

—Sí, claro —respondió Felicity—. Ah, Luke, sé que a Cinco le encantaría hablar contigo...

—Lo tendremos en cuenta —interrumpió Danica—. Te deseamos lo mejor en tu carrera profesional —añadió ella sonriendo.

Felicity hizo una mueca.

—Sí, bueno, gracias. Gracias por todo.

Tan pronto como Felicity se fue a buscar a su novio, el rostro de Danica ensombreció.

—Lo siento mucho, Luke —se disculpó Danica—. No tenía ni idea de que era la novia de Cinco Jackson. Me he enterado hace un rato, cuando la investigadora que trabaja para mí me llamó para decírmelo. Espero que esto no te haya estropeado la fiesta.

Danica estaba ahí, en persona, pensó Luke. Y, de repente, sintió muchas ganas de ser sociable. Con ella.

—Me he quedado sin pareja en una fiesta formal.

—Sí, lo sé —respondió Danica bajando los ojos al suelo—. Buscaré a otra que sustituya a Felicity. Te debo dos candidatas más.

—Eso no soluciona el problema que tengo ahora.

—Si pudiera hacer algo… Pero…

—Estupendo. Eres mi pareja.

Capítulo Cinco

Danica le miró fijamente.

—¿Que quieres que sea tu pareja? ¿Aquí? ¿En esta fiesta?

Con un gesto, Danica señaló a los invitados, con sus elegantes trajes, indicó los cuadros que colgaban de las paredes, las botellas de champán francés... Y, después, se señaló a sí misma, con ese sencillo vestido que había comprado en unas rebajas dos años atrás.

—¿Yo?

Luke se encogió de hombros.

—Ahora mismo no tengo otra elección.

Danica estaba a punto de decirle cuatro cosas cuando vio que Luke estaba conteniendo la risa.

—Muy gracioso —dijo ella.

Ambos se echaron a reír. Los dientes de Luke brillaron, en contraste con su bronceada piel.

—¿En serio quieres que me quede en la fiesta?

Luke asintió, despacio, significativamente.

—Sí, quiero que te quedes.

Su antigua jefa, Johanna, le había hablado mucho de la fiesta de la Sociedad de la Península, la Noche de Montecarlo. Había mencionado la exquisita comida, los vestidos de diseño y las subastas en las que los millonarios participaban y competían unos con otros.

Y ahora… ella estaba allí. Miró a su alrededor y una de las camareras, fijando los ojos en ella, hizo una mueca, se dio media vuelta y ofreció champán a otros invitados. Ese era el mundo de Luke, el de él y el de la esposa que quería encontrar. Pero no era su mundo, incluso las camareras se daban cuenta de ello.

Ese tipo de fiestas era algo normal para Luke, pero para ella era algo inalcanzable, propio de las películas. Sería mucho mejor no hacerse ilusiones, no soñar con imposibles. Una cena y un beso habían hecho estragos en ella. ¿Esa noche, en esa fiesta, en compañía de Luke? Jamás lograría volver a la realidad.

—Muchas gracias por la invitación, pero creo que será mejor que vuelva a la oficina. Tengo mucho que hacer para el poco tiempo del que dispongo.

La sonrisa de él se desvaneció.

—Como quieras. No obstante… —la mirada soslayada que Luke le lanzó hizo que le diera un vuelco el estómago.

—¿Sí? —Danica se humedeció los labios con la lengua. ¿Se acordaba Luke del beso?

—¿Qué historia les cuentas a las posibles candidatas? —preguntó Luke con los ojos fijos en su boca—. Y… ¿qué clase de acontecimiento es este?

—Es una fiesta de recaudación de fondos —respondió ella.

—Exacto. Mi futura esposa tendrá que relacionarse con la gente involucrada en las obras de beneficencia de esta zona, Bay Area, y sus donantes —Luke señaló las mesas de juego—. Los mayores donantes están aquí esta noche. Como jefe tuyo y cliente, te aconsejo que te quedes en la fiesta con el fin de familiarizarte tanto como puedas con esta gente para así, cuando hables con las candidatas, sepas de qué hablas. Se trata solo de trabajo –concluyó Luke con expresión impasible.

–Trabajo –repitió ella.

Por supuesto. ¿Qué otra cosa había imaginado que pudiera ser? Los cuentos de hadas eran pura fantasía.

–¿Qué otra cosa podría ser? –dijo Luke desafiándola con la mirada.

Si Luke no iba a mencionar el beso, ella tampoco lo haría.

–Tienes razón, mi trabajo consiste en buscarte una esposa que se encuentre cómoda en fiestas como esta –declaró Danica en tono profesional.

–Por fin lo has entendido –Luke vació su copa de champán–. Por lo tanto, necesitas quedarte para realizar tu trabajo con la mayor eficiencia posible.

–Lo que tú digas.

La expresión de Luke se relajó, lo que le hizo imposiblemente atractivo. Lo que más le gustó fue la calidez del brillo de sus ojos azules, que encendió una llama en su vientre.

Luke dejó la copa vacía en la bandeja de un camarero que pasó por su lado y agarró dos copas llenas. Le ofreció una. Ella la aceptó asintiendo con la cabeza y bebió.

–Bueno, ¿cuál es el plan? –preguntó Danica.

–Vamos a acercarnos a las mesas de juego. Solo por exigencias de la investigación, por supuesto.

–Por supuesto –respondió ella–. Bien, adelante.

Luke la condujo a la zona en la que los organizadores de la fiesta habían colocado las mesas de juego en filas largas a lo largo de la zona con vistas a los jardines. Otros invitados habían tenido la misma idea y los asientos estaban siendo ocupados rápidamente.

–Elije un juego –dijo él indicando con la mano varias mesas.

Danica paseó la mirada por las superficies de fieltro verde. Aunque no era una amante del juego, ahora que se le había presentado aquella ocasión, ¿por qué no aprovecharla?

–La ruleta –dijo Danica.

Luke arrugó el ceño.

–¿Qué pasa? –le preguntó ella–. ¿No te gustan las cosas que dan vueltas?

Luke se encogió de hombros y, poniéndole una mano en la espalda, la condujo hacia la mesa con ruleta más próxima. A pesar del tejido de algodón del vestido, la mano de él le quemó la piel.

–Hay, aproximadamente, un cuarenta y siete por ciento de probabilidades de ganar una apuesta a números rojos o negros, pero la recompensa es muy baja también. En lo que más se gana es apostando a un número en concreto, pero la probabilidad de que te salga es una entre treinta y ocho. Eso, por supuesto, si la mesa no está amañada –dijo Luke.

Danica se detuvo bruscamente y eso hizo que una pareja estuviera a punto de chocarse con ellos. El hombre le lanzó una mirada de censura, que se tornó en una expresión de respeto al ver quién era su compañero.

–¿Cómo demonios sabes eso? –preguntó Danica.

–Hay treinta y ocho números en una ruleta americana, treinta y siete en la europea. No hay que ser un genio para calcular las probabilidades.

Danica hizo una mueca.

–No me refería a tus habilidades matemáticas, sino a cómo sabes tanto sobre el juego de la ruleta. ¿Juegas con frecuencia?

–Cuando arriesgo dinero, prefiero hacerlo en circunstancias más fáciles de controlar.

–Eso no explica que conozcas tan bien las estadísticas.

–A los diez años me regalaron mi primer ordenador. Cuando quise sustituirlo por uno nuevo, más potente, mi padre quiso darme una de esas esporádicas lecciones sobre la vida y me dijo que me lo tenía que comprar yo, aunque no me dijo cómo conseguir el dinero que necesitaba. Fue por eso por lo que creé una cuenta en una página web de juego, utilizando la tarjeta de crédito de mi madrastra –Luke sonrió, rememorando–. Por aquel entonces había menos control en Internet.

Danica sintió los ojos secos. Estaba tan atontada mirándole que se le había olvidado parpadear.

–¿Te pusiste a jugar con dinero a los diez años?

–A los once. Y solo para conseguir el dinero que necesitaba para comprarme otro ordenador –Luke se quedó pensativo unos segundos–. Bueno, y también equipo accesorio. Pero dejé el juego cuando gané el dinero que necesitaba. Sin embargo, en relación a tu pregunta, me gusta más el póker que la ruleta, requiere cierta estrategia.

–¿Qué dijo tu madrastra al enterarse de que habías utilizado su tarjeta de crédito?

Sus padres la habrían castigado al menos durante un mes si hubiera utilizado una tarjeta bancaria sin permiso. Aunque, por supuesto, a ella no se le habría pasado por la cabeza hacer algo semejante. Nunca les había faltado comida, pero a su familia no les había sobrado el dinero.

–No me dijo nada –respondió Luke–. Me acuerdo que fui a vivir con mi madre porque me enviaron allí el ordenador nuevo. Debió coincidir con el divorcio de mi padre con esa madrastra.

–¿Esa madrastra? ¿Cuántas madrastras has tenido?

–Tres madrastras y cuatro padrastros… hasta la fecha –Luke miró a su alrededor–. Mira, allí. En esa mesa hay sillas vacías, la mesa de la izquierda, al fondo.

Luke la empujó suavemente en esa dirección y Danica le permitió que la guiara mientras asimilaba lo que él le había dicho. No podía imaginar a sus padres separados, y mucho menos con múltiples parejas. Sin embargo, Luke, en total había tenido dos padres biológicos y siete postizos. Ya no le extrañaba que se mostrara tan cínico respecto al matrimonio.

Se sentaron a la mesa de la ruleta, al lado de una mujer con tantos brillantes en el cuerpo que parecía una joyería ambulante. La mujer arqueó las cejas al mirarla a ella; después, al clavar los ojos en Luke, sonrió.

Luke dio un trozo de papel al crupier y recibió dos series de fichas en dos montones.

–Toma –dijo Luke pasándole la mitad de las fichas

a ella–. Al apostar, te recomiendo el sistema D´Alambert. Empieza apostando poco y apuestas sencillas, al rojo o al negro. Aumenta la apuesta cuando pierdas y rebaja la apuesta después de ganar. Al final, saldrás ganando.

Luke apostó una ficha al negro.

Danica asintió y eligió una ficha de diez dólares. La estrategia que Luke le había sugerido parecía muy propia de él: inteligente y prudente, con el objetivo de minimizar las pérdidas y maximizar las ganancias. Pero al ir a colocar la ficha, se echó atrás. Entonces, agarró todas las fichas y apostó por el número tres.

–¿Qué haces? –preguntó Luke, quedándose boquiabierto.

–Apostar.

–Yo no te aconsejaría hacer eso. Las probabilidades…

–Sí, ya lo sé, ya me lo has dicho, una de treinta y ocho.

El crupier tiró la bola y giró la ruleta.

–Puedes cambiar la apuesta si quieres, todavía estás a tiempo –dijo él.

–No. Todo o nada –respondió ella.

Danica cruzó los dedos. A su lado, la expresión de censura de Luke era evidente, tenía los labios apretados y los hombros tensos.

Pero, a veces, una persona tenía que arriesgarse. Sus padres se habían arriesgado al abandonar su país natal e ir a los Estados Unidos. Ella se había arriesgado al trasladarse a California sin conocer a nadie. Y, el mayor riesgo de su vida hasta el momento, había sido aceptar el trabajo de buscarle una esposa a Luke. No obstante, no cambiaría por nada en el mundo el tiempo compartido con él.

La bola corrió por la ruleta. Ella contuvo la respiración y…

—El tres, rojo. Impar —declaró el crupier.

Después de pagar las apuestas menores, el crupier comenzó a añadir fichas a las que ella tenía. Cuando acabó, Danica no sabía qué hacer con tantas fichas.

—Y ahora… ¿qué sugieres que haga? —le preguntó a Luke—. He ganado, así que, ¿debería apostar menos ahora?

Danica, mirándole a los ojos, le sonrió.

Fue un error. Creía que a Luke quizá le hubiera sentado mal haber desoído su consejo; sin embargo, lo que vio en la expresión de Luke fue admiración. Y eso le causó una profunda turbación.

—Le has echado mucho valor —dijo él con voz grave.

Danica apartó los ojos de él y manoseó las fichas.

—Podrías haberlo perdido todo —insistió Luke.

—Pero no ha sido así, ¿verdad?

—Has tenido suerte —replicó él—. Pero ha sido…

—Sí, lo sé, he apostado sin tener en cuenta la ley de las probabilidades. Pero, a veces, hay que arriesgarse.

—Eso está bien tratándose de dinero falso. Pero en la realidad no es aconsejable.

Danica tuvo la impresión de que Luke no estaba hablando del juego de los casinos, pero prefirió dejarlo estar y agarró una ficha de quinientos dólares.

—Toma, arriésgate, pon la ficha en un número —dijo ella con una amplia sonrisa.

Luke, mirándola a los ojos, agarró la ficha. Sus dedos se rozaron, una corriente eléctrica le subió por el brazo. Sin embargo, en vez de apostar, Luke se metió la ficha en el bolsillo de la pechera de la chaqueta del esmoquin, sobre su corazón.

—¿Tienes hambre? —le preguntó él.

Sí, tenía hambre, pero no sabía de qué. Asintió. Luke se volvió al crupier, intercambió unas palabras con él y, de repente, las fichas de plástico de Danica se transformaron en un recibo en el que había una cifra con muchos ceros. Luke le dio el recibo.

—Voy a volver a darte un consejo: no te lo juegues todo a un número; aunque, por otra parte, puede que hagas quebrar la banca.

Danica dobló el recibo y se lo metió en el bolsillo del vestido.

—Es verdad, tienes razón. Probablemente perdería todo el dinero de un golpe. Pero eso es lo que lo hace interesante.

Luke le agarró una mano y se la colocó en su propio brazo, sin siquiera mirarla. Automáticamente, había asumido que ella le seguiría adonde fuera que quisiera llevarla. Algo que, tratándose de otra persona, la habría enfurecido. Pero, con Luke, lo aceptó como algo natural.

Luke la sacó a la terraza en la que varios de los mejores cocineros de San Francisco habían preparado mesas con comida.

—¿Te resulta interesante perder?

Danica se echó a reír.

—No, perder me aterra. Pero a veces, en noches

como esta, no sé… ¿No te pasa a ti que, de vez en cuando, quieres que algo te sorprenda, o correr algún riesgo, hacer algo sin saber adónde te va a llevar?

Luke sacudió la cabeza.

—Cuando abro un libro, lo primero que hago es leer las últimas páginas.

Danica se detuvo, obligándole a parar.

—Eso es terrible.

—Es inteligente. De esa forma, sé que no voy a perder el tiempo si las conclusiones no son satisfactorias.

—¿Y la casualidad? —como la casualidad de encontrarle delante de la puerta de la antigua oficina de Johanna—. ¿Qué hay del destino? ¿Y no crees en la fortuna?

—El destino y la fortuna son excusas que se busca la gente desprevenida. Yo tengo en cuenta las probabilidades y actúo consecuentemente —declaró Luke, y cerró los labios con firmeza.

Danica le miró de soslayo.

—No se puede controlar todo en la vida —dijo ella con voz suave.

Luke no contestó y Danica decidió relajarse y disfrutar.

—¿No es ese Shijo Nagao? —preguntó Danica indicando a un chef que estaba ofreciendo sushi que había preparado. Había una lista de espera de un año para conseguir mesa en el restaurante de Nagao.

Luke miró en la dirección que ella indicaba.

—Sí, creo que sí.

—En ese caso, hasta luego —dijo Danica soltándose del brazo de Luke.

Luke le agarró los dedos.

–¿Vas a abandonar tu trabajo? ¿Por pescado crudo?

–Sushi –le corrigió ella, permitiéndose disfrutar unos segundos el hormigueo que sentía en los dedos–. Un pescado crudo delicioso preparado por un gran chef. Ese pescado es rico en omega tres, vital para el buen funcionamiento del cerebro. Eso me ayudará a realizar mi trabajo –Danica le lanzó una amplia sonrisa, desafiándole a llevarle la contraria.

Luke empequeñeció los ojos.

–¿Qué ha pasado con la mujer no acostumbrada a comidas exóticas?

–A esa mujer le gusta el pescado.

–Pescado servido con *wasabi*. Si no te gusta la salsa…

–No, nada de *wasabi* –declaró ella, estremeciéndose–. No me fío de nada que sea verde y pastoso.

Luke arqueó las cejas, pero sonrió a pesar suyo.

–Si no tuviera amplios motivos para fiarme de tu raciocinio, creo que me cuestionaría nuestra relación.

La palabra relación la hizo temblar de pies a cabeza. No, no debía hacerse ilusiones, Luke estaba hablando de relaciones profesionales.

–¿Cómo puedes comer sushi con *wasabi*? El *wasabi* destruye el sabor del pescado –dijo Danica.

–¿Qué? No, nada de eso. El *wasabi* lo acentúa. Es…

–Ya, deja que lo adivine. Vas a decir que es una reacción química, ¿no? –Danica arqueó las cejas.

–Sí. Hay cosas que encajan, simplemente.

–Estoy segura de que si le preguntáramos a Nagao,

74

nos diría que la gente que pone mucho *wasabi* en la comida es porque no sabe apreciar las sutilezas de la combinación de sabores elaborados por el chef. Y creo que también nos diría que esa gente no debería comer pescado.

Luke apartó los ojos de la zona donde Nagao servía sushi y la miró a ella.

—¿Eso crees?

Danica asintió.

En ese momento, un camarero que pasaba con una bandeja a espaldas de Danica se tropezó con ella, la empujó y la hizo chocarse con Luke. Ella, inmediatamente, se agarró a él para no perder el equilibrio.

Luke la rodeó con los brazos, sujetándola.

—¿Estás bien?

No. No estaba bien. El pecho de Luke era duro y musculoso, su cuerpo olía a cuero y a cítricos... Pero habría conseguido ignorar todo eso de no ser por cómo la miraba, profundamente, con preocupación.

Los sonidos a su alrededor se disiparon. Las risas, las conversaciones, todo quedaba ahogado por debajo del ruido de los latidos de su corazón. Los brazos de Luke, rodeándola, habían creado un refugio en el que nada fuera del círculo contenido por ellos existía. La preocupación que había visto en la expresión de Luke se tornó en otra cosa, en deseo.

—Danica...

—¿Sí? —susurró ella.

—¿Qué dijiste antes sobre la casualidad?

—Que me gusta —logró responder ella.

Luke Dallas iba a besarla. Y ella quería que la besara. Era lo que más deseaba en el mundo. Otro beso, para el recuerdo. Otro beso, para endulzar sus sueños y sus noches.

Luke sonrió, pero la sonrisa no le llegó a los ojos. Su mirada permaneció oscura, intensa, lo suficientemente ardiente como para quemarle los labios. Ella alzó la barbilla, ladeó la boca, abrió los labios. Luke le apretó la cintura…

–¡Dallas! –exclamó un hombre a espaldas de Luke–. Vaya, justo la persona con la que esperaba encontrarme esta noche.

El hechizo se deshizo. Luke se enderezó y le soltó la cintura.

–Continuará… –le dijo él en voz baja.

El hombre que se les había acercado extendió el brazo y le estrechó la mano a Luke. Estaba moreno, era alto y tenía cuerpo de nadador. El cabello rubio, a mechones, le caía por la frente. Daba la impresión de ser un hombre que no desentonaría en la portada de una revista especializada en el deporte del surf. Pero quizá se equivocara, quizá ese hombre era un brillante programador o un genio del marketing.

–Me llamo Grayson –le dijo a ella estrechándole la mano con firmeza y dedicándole una amplia sonrisa. Después, se volvió de nuevo a Luke–. Evan dice que la empresa que acaba de montar es única. Yo creo que puede que tenga razón. ¿Qué opinas tú?

–Opino que no sé nada de Evan ni de su empresa –contestó Luke–. Pero… ¿un valor de diez mil millones de dólares? Eso sí que me parece único.

–Me encantaría hablarte de ello –dijo Evan–. Creo

que sería muy ventajoso asociarnos con Ruby Hawk, para los dos. ¿Tienes un minuto para hablar de este asunto?

–Gracias, pero tengo un compromiso previo –Luke le ofreció el brazo a ella–. Y ahora, si nos disculpáis… –añadió Luke mirando a los dos hombres.

–Se corre el rumor de que Ruby Hawk está en apuros. Necesitas buenos socios con vistas al futuro de la empresa –dijo Grayson.

–¿Quieres un consejo para tu nueva empresa? Nunca prestes atención a los rumores –dijo Luke con voz tensa.

–Se lo he oído decir a Cinco Jackson. De todos modos, insisto en que me gustaría hablar contigo –dijo Evan.

El brazo de Luke endureció hasta el punto de parecer de acero. Danica se lo soltó.

–Creo que los tres deberíais hablar. Te guardaré un poco de sushi –le dijo a Luke.

–Y yo te he prometido una cena –respondió él.

–No te preocupes, soy capaz de procurarme mi propia comida –respondió ella con una sonrisa. Entonces, bajando la voz para que solo Luke pudiera oírle, añadió–: Tengo curiosidad por averiguar qué es lo que Jackson sabe. Si la verdadera razón de tu investigación se descubriera…

Luke se la quedó mirando.

–Te noto preocupada.

Ella asintió, mordiéndose los labios.

–No te preocupes, puedo hacerle frente a Jackson sin problemas –Luke se volvió a los otros dos hombres–. Lo siento, quizá en otro momento. Pero, como veis, tengo un plan mucho más atractivo.

Luke comenzó a tirar de ella.

–Esta fiesta tiene como objetivo recaudar fondos para obras de beneficencia, ¿no? –preguntó Danica, deteniendo a Luke–. Y la subasta es uno de los principales acontecimientos de la fiesta, ¿cierto?

Tres pares de ojos se clavaron en ella.

–Sí, cierto –dijo Evan.

Danica abrió el bolso y sacó el recibo que el crupier le había dado.

–Esto es lo que he ganado, tenía pensado donarlo durante la subasta –Danica enseñó la cifra en el recibo a Grayson y a Evan–. Os concedo media hora de mi tiempo con Luke si prometéis, cada uno, igualar esta cantidad.

–No sabía que estuviera a la venta –dijo Luke con ironía, pero sonriendo.

Danica enrojeció de pies a cabeza.

–Tú ganas –dijo Grayson riendo–. Venga, Dallas, vamos a algún sitio tranquilo para hablar. No quiero que los lobos que merodean por aquí se enteren de lo de la empresa de Evan sin que estemos preparados para ello.

–Eh, no tan deprisa –dijo Danica–. Vuestros cheques, por favor.

–Lista y bonita –le dijo Grayson a Luke–. Sabes elegir a las mujeres. Espero que te ocurra lo mismo con las empresas.

Grayson agarró su cartera y sacó una tarjeta de negocios.

–Aquí tienes. Puja en la subasta la cantidad de dinero que Evan y yo te debemos. Cuando ganes, dale esto al crupier y dile que yo pagaré lo que se deba.

Danica agarró la tarjeta y, con expresión de escepticismo, arqueó las cejas.

–Creo que… –empezó a decir Danica, hasta que vio el apellido de Grayson en la tarjeta, Monk. Monk Partners era una de las empresas de inversión de capital más importantes de Silicon Valley–. Bueno, está bien, de acuerdo.

Luke se acercó a ella y le susurró al oído:

–¿Nos vemos aquí cuando acabe? –ella asintió y Luke se volvió de nuevo a los dos hombres–. Un trato es un trato. Disponéis de treinta minutos.

Danica les vio alejarse. Después, se volvió para ponerse a la cola de la mesa en la que el chef Nagao estaba sirviendo su comida. Justo cuando estaba a punto de tocarle el turno, un hombre con una chaqueta de esmoquin blanca puso en sus manos dos copas de champán vacías.

–Tome, lléveselas –dijo el hombre.

Danica agarró las copas siguiendo un puro reflejo; después, se quedó perpleja.

¿Qué demonios…? Buscó con la mirada un sitio donde dejar las copas, pero no vio ningún lugar apropiado. Por fin, vio a una camarera con una bandeja en la que llevaba platos y copas vacías y se acercó a ella.

–Tome –dijo Danica, ofreciéndole las dos copas.

La camarera la miró de arriba abajo y esbozó una sonrisa burlona.

–Ni hablar, encárgate tú de ellas –respondió la camarera–. ¿Y dónde has dejado la bandeja? –tras esas palabras, la camarera se marchó.

Estaba claro, esa fiesta no era para ella, no pertenecía a ese mundo. En ese momento, vio una mesa apartada con platos sucios, se acercó, dejó las copas y se alejó de allí.

Al volver a la mesa del chef Nagao, vio que este ya había cerrado, había dejado una nota que decía que ya no le quedaba sushi. En ese momento, vio a una mujer con un vestido que había visto en la revista *Vogue* del mes anterior, la mujer sujetaba un par de platos vacíos y se dirigía directamente hacia ella. Danica, corriendo, se dio media vuelta y bajó las escaleras de la terraza a toda prisa.

Le habría gustado marcharse ya, pero tenía que esperar a la subasta. Lo mejor sería dar una vuelta por los jardines de la mansión para matar el tiempo.

Eligió un camino que atravesaba setos dispuestos formalmente y lechos de flores. Al final del camino, en un recodo formado por unos setos de aproximadamente un metro cincuenta de altura, había un banco de hierro forjado.

Se sentó a descansar y, al cabo de unos segundos, oyó unas pisadas al otro lado del seto. Se levantó para volver a la mansión cuando, de repente, oyó a una persona mencionar a Luke.

–¿Que ha dicho qué? –preguntó un hombre.

Danica frunció el ceño. La voz le resultaba familiar.

–No ha sido Dallas, sino la mujer que trabaja para él reclutando personal –respondió una mujer.

Esa voz sí la reconoció. Felicity. El hombre debía ser Cinco Jackson.

—No lo has entendido. La cuestión es que es ilegal preguntar por el estado civil en una entrevista de trabajo.

A Danica se le heló la sangre en las venas.

—Pero la mujer no fue quien lo preguntó. Me sorprendió tanto que alguien lo supiera que… que acabé confirmándolo.

—Sigues sin entenderlo —dijo Jackson como si Felicity fuera una niña pequeña—. ¿Tiene Dallas algo en contra de contratar a mujeres casadas? ¿Es eso algo que hace por norma?

Danica se llevó las manos a la boca. Tenía que encontrar a Luke a toda prisa. Pero, si se marchaba de allí, Jackson y Felicity la oirían, se darían cuenta de que alguien había estado escuchando su conversación.

—Aquí pasa algo raro, lo sé —continuó Jackson—. Bueno, volvamos a la fiesta. Quiero ver con quién está hablando Dallas y de qué está hablando.

Danica esperó a que Cinco Jackson y Felicity se alejaran. Entonces, agarró el móvil para ponerse en contacto con Luke. En la pantalla vio que tenía un mensaje de él: *¿Dónde estás? El sushi está cerrado*.

Danica reflexionó unos instantes. Con la fiesta en pleno apogeo y la subasta a punto de empezar, la entrada estaría relativamente vacía.

Reúnete conmigo en el vestíbulo de la entrada. Tengo noticias.

Cuando Danica llegó al vestíbulo, aminoró la marcha para no resbalarse en el suelo de mármol pulido. Luke estaba al lado de las puertas de la entrada. Al verla, él sonrió, y la sonrisa de Luke la dejó sin respiración.

—Perdone —alguien, a sus espaldas, le tocó el hombro—. Recoje esto, por favor.

Danica se volvió y vio a la camarera que antes la había sonreído burlonamente. Sostenía una bandeja con copas de champán vacías, platos sucios y servilletas arrugadas.

—Lo siento, no soy…

—Tengo que irme, ahora mismo. Toma —la camarera le pegó la bandeja al cuerpo.

Capítulo Seis

La camarera soltó la bandeja. Danica fue a agarrarla, pero se escurrió y perdió el equilibrio.

Danica acabó en el suelo, bocabajo. El golpe la dejó confusa. Movió los dedos, no se los había roto. Alzó la mano izquierda y vio que tenía clavado un trozo de vidrio en la palma.

De repente, vio que lo que había en la bandeja estaba desperdigado por el suelo, a su alrededor. Respiró hondo...

–¡Danica! –Luke se agachó a su lado. Evan y Grayson detrás de él. Entretanto, ella trató de incorporarse.

–Espera –dijo Luke–. Mírame. ¿Te has dado un golpe en la cabeza?

Danica le miró a los ojos. Los ojos de Luke tenían el color del océano Pacífico, con un brillo furioso. Estaba enfadado. Enfadado... ¿por lo que le había ocurrido a ella? ¿O por ser la causa de una escena?

–Estoy bien –respondió Danica apartando la mirada de la de él al tiempo que Evan le agarraba la mano no herida para ayudarla a levantarse.

Unos invitados y empleados de la empresa de catering se acercaron, entre los que estaba la camarera que le había pasado la bandeja. Danica movió la cabeza para indicarle que no la culpaba de lo ocurrido y, al instante, deseó no haberlo hecho. Los oídos le pitaron, se sintió más desorientada…

–Lo siento… –empezó a decirle a Luke, pero se interrumpió cuando el cuerpo entero comenzó a temblarle.

Luke le agarró la mano herida y la examinó.

–Estás sangrando.

–No es nada –respondió ella, mareada.

–Tiene que verte un médico. Nos vamos ahora mismo.

–La subasta…

–No te preocupes por la subasta –dijo Grayson–. Yo me encargaré de que el dinero vaya a la obra de beneficencia.

En un instante, casi sin saber cómo, Danica se encontró fuera del edificio, la fresca brisa de la noche acariciándole el rostro. El aparcacoches ya había llevado el vehículo de Luke a la entrada y este la ayudó a entrar en el coche. Unos segundos después, con Luke al volante, estaban en marcha.

–El hospital más cercano está a veinte minutos en coche. ¿Cómo tienes la mano? –preguntó él.

–Creo que la herida ha dejado de sangrar. No necesito un médico.

Luke lanzó un gruñido y le dio la vuelta al coche.

–¿Qué haces? ¿Vamos a volver a la fiesta?

–Vivo cerca de aquí –respondió él–. Si no quieres que te vea un médico, al menos deja que te limpie la herida y te la vende.

–Pero…

–No voy a aceptar una negativa por respuesta.

Danica abrió la boca para protestar, pero él la interrumpió.

–Lo digo en serio. Vamos, aguanta, estaremos en mi casa en unos minutos.

Danica apretó los labios. Se encontraba bien, Luke estaba exagerando. Bueno, se encontraba todo lo bien que podía teniendo en cuenta que la velocidad a la que le latía el corazón. Solo tenía que mover la mano unos centímetros para tocarle el muslo…

No había perdido casi nada de sangre. No debería sentirse tan mareada.

A los pocos minutos, Luke la hizo entrar en su casa.

–Ve directamente al cuarto de estar –dijo él–. Ahora mismo me reúno contigo, antes voy a por el botiquín.

Danica asintió, recorrió un corto pasillo y se adentró en una espaciosa estancia rectangular.

La casa que compartía con Mai cabría de sobra en aquel cuarto de estar. La pared del fondo era de cristal y daba a una terraza y a un jardín. Le llevó unos segundos darse cuenta de que la pared de cristal estaba compuesta por diversos paneles que, supuestamente, se corrían y permitían combinar el espacio interior con el exterior. A la derecha estaba la cocina, con muebles de madera y electrodomésticos de acero inoxidable, separada del resto de la estancia por mostradores bajos de madera. Cerca había una mesa metálica rodeada por doce sillas de distinto tipo.

A la izquierda había una enorme chimenea. Enfrente de la chimenea había dos grandes sofás de cuero color crema y varios sillones. En el suelo, una bonita alfombra.

No se atrevió a sentarse, tenía el vestido empapado de vino y no quería ensuciar el mobiliario de Luke.

–Siéntate en uno de los sofás –le dijo Luke a sus espaldas.

Luke se había quitado la chaqueta del esmoquin y el lazo, y también se había desabrochado los botones superiores de la camisa. En las manos llevaba una caja con una cruz roja en la tapadera.

Danica se señaló el vestido, manchado.

–Creo que será mejor ir a la cocina.

Luke sacudió la cabeza y la empujó hacia uno de los sofás.

–Mucho mejor que en la cocina. Y, ahora, dame la mano.

Danica tembló de placer cuando Luke empezó a curarle la mano izquierda. Era una sensación maravillosa. Después de desinfectarle la herida, Luke sacó gasa y esparadrapo.

–No tenías pensado hacer nada con la mano esta noche, ¿verdad?

–¿Eh? –era una suerte que la herida fuera en la mano izquierda, ya que era diestra. Después, por la noche, tenía pensado utilizar la mano derecha mientras fantaseaba con él–. No.

Luke terminó de vendarla y, al sujetar la gasa con el esparadrapo, le acarició los dedos. Y esas caricias le causaron incesantes latidos en la entrepierna.

–Bueno, ya está –declaró Luke con una media sonrisa–. Si se te infecta la mano, podrías poner una denuncia. Aunque eso quizá haría quebrar a la organización, Peninsula Society.

Danica retiró la mano. Él frunció el ceño, pero se la soltó.

–Gracias por el vendaje. Y ahora… será mejor que pida un taxi por teléfono.

Luke se recostó en el respaldo del asiento, los ojos sin abandonar los suyos.

–Por cierto, ¿qué era lo que querías decirme?

–¿Qué? –preguntó Danica sin comprender.

–Sí, antes de que te cayeras y te cortaras. Dijiste que tenías noticias.

¡La conversación en el jardín! Se había olvidado por completo de ella.

–Sí, claro –Danica se aclaró la garganta e hizo un esfuerzo por adoptar una actitud profesional–. He oído una conversación entre Cinco y Felicity.

A continuación, le relató la conversación.

–Sabíamos que estaba husmeando en nuestra empresa.

–No sé, me parecía que se trataba de algo personal –respondió Danica–. Creo que la adquisición está en entredicho porque Stavros sabe cosas de ti que te perjudicarían.

–Y no se equivoca –Luke se encogió de hombros–. Nestor se niega a cerrar el trato si no cumplo con las condiciones que él quiere imponer. No obstante, yo nunca he preguntado a ninguno de mis empleados por su estado civil. Si eso es lo que Jackson cree que tiene contra mí, se equivoca.

Danica soltó el aire que había estado conteniendo.

—En ese caso, ¿qué hacemos ahora?

Luke clavó los ojos en la cabeza de ella.

—Deshaz tu cola de caballo.

Danica, inmediatamente, se llevó la mano derecha a la cabeza.

—¿Qué? ¿Por qué?

Luke se acercó a ella, sus cuerpos casi tocándose.

—Para ver si tienes algún chichón en la cabeza.

—No me he dado ningún golpe en la cabeza —contestó Danica mirándole a los ojos.

—Cuando te caíste, te mareaste un poco, así que es posible que te hayas dado un golpe en la cabeza y no seas consciente de ello. Déjame que eche un vistazo —tras esas palabras, Luke apretó los labios con firmeza.

—Soy perfectamente capaz de hacerlo yo misma, gracias —le advirtió ella.

—Lo sé, pero deja que lo haga yo —respondió él, y sonrió.

A Danica se le erizó la piel. Todo le daba vueltas otra vez.

—Bueno, de acuerdo —respondió Danica, y lanzó un suspiro.

Al instante, Luke subió las manos, le quitó el elástico que sujetaba su cabello y los rizos rubios le cayeron por el rostro y le acariciaron los hombros. Tuvo la sensación de que la habían desnudado. Tembló.

Luke la peinó con los dedos y le examinó el cuero cabelludo. Estaba tan cerca que podía ver la incipiente barba de él y el vello que le salpicaba la parte superior del pecho. Una deliciosa sensación la sobrecogió. Se inclinó hacia él como si fuera una gata.

–Ningún chichón –declaró Luke con los dedos enredados aún en los cabellos de ella.

Los ojos de Luke habían oscurecido. Le sintió tenso, como un tigre a punto de lanzarse sobre su presa. Y ella quería que la devorase. Lo único que tenía que hacer era acercarse un centímetro más y sus bocas se juntarían.

–¿Satisfecho? –logró preguntar ella.

–No del todo –respondió Luke.

–¿Alguna cosa más?

La mirada de él mostró puro y primitivo deseo.

–Solo si tú también lo quieres –contestó Luke.

El ambiente se cargó de electricidad. Danica casi veía chispas saltando entre los dos, iluminando la atracción que les consumía. Alzó una mano y le agarró la muñeca. Sintió el pulso de él.

Sabía que lo que tenía que hacer era darle las gracias por haberle curado la herida, levantarse del sofá y pedir un taxi por teléfono. Eso era lo que haría la Dánica de toda la vida, la Danica que se había matado a trabajar en la empresa de Johanna con la esperanza de conseguir un ascenso que jamás lograría, la Danica que habría seguido los consejos de Luke en la ruleta.

Pero otra Danica había despertado. Una Danica que arriesgaba. La Danica que había apostado todas las fichas a un solo número. La Danica que había besado a Luke Dallas y que iba a besarle otra vez.

Solo por una noche. Nada de relaciones sentimentales. No podía haber una relación entre los dos. Lo sabía perfectamente. Lo único que quería era saciar ese hormigueo en el vientre, ese vacío en su entrepierna que exigía ser llenado.

Danica respiró hondo y se humedeció los labios con la lengua. Los azules ojos de Luke estaban casi negros. Danica movió la cabeza y pegó los labios a los de él.

Luke tenía amplia experiencia con las mujeres. Pero cuando Danica le besó, se dio cuenta de que algo le había faltado hasta ese momento.

Besar a Danica fue una inyección de adrenalina, un narcótico sumamente potente, algo que le lanzó a la estratosfera. En un segundo, endureció.

Acarició esos gloriosos rizos rubios. Le encantaba la variedad de tonos dorados del cabello de ella. Y, a pesar de su suavidad, eran cabellos indomables.

La boca de Danica era ardiente, insistente y exigente. Él le correspondió. Sus lenguas se exploraron. La estrechó entre sus brazos y tiró de ella hasta medio tumbarla sobre sus piernas. Danica olía a vainilla y canela; su aroma, dulce y aromático, le rodeaba. Danica se apretó contra él y sus nalgas le acariciaron la entrepierna. Un temblor le sacudió, dejándole casi sin sentido.

Sabía que debía parar. Danica trabajaba para él. El trabajo de Danica consistía en encontrarle una esposa. Una esposa en pleno sentido de la palabra. Si todo salía tal y como habían planeado, estaría delante de un juez, casándose, en cuestión de semanas.

Pero por nada del mundo podía parar.

Danica tiró de su camisa para sacársela de debajo de los pantalones y luego comenzó a desabrochársela. El roce de los dedos de ella en su piel aumentó la densidad de su miembro a un nivel desconocido.

Luke le abrió los botones del vestido del cuello a la cintura. La piel de Danica era suave y cálida. Sus labios abandonaron los de ella para besarle el cuello y el hombro. Después, le bajó el cuerpo del vestido y dejó al descubierto los pechos cubiertos por un sujetador de algodón. Acarició los generosos senos y el canalillo entre ambos. Al ver erguirse los pezones, los pellizcó.

–Luke… –dijo ella casi sin respiración, con unos ojos oscurecidos–. Todavía llevas puesta la camisa.

–Me interesa mucho más quitarte el vestido –respondió él con una sonrisa traviesa.

Luke volvió a besarla. Danica era realmente preciosa. Paseó un dedo por el valle entre esos dos pechos y continuó bajando hasta toparse con la cinturilla de las sencillas bragas blancas de algodón.

La sintió temblar y la vio cerrar los párpados con fuerza.

–¿Tienes frío? –preguntó Luke.

Danica sacudió la cabeza. Pero cuando él le desabrochó el sujetador, ella se cubrió los pechos con las manos.

–Espera. Antes de que nos desnudemos del todo, creo que tenemos que dejar unas cuantas cosas claras –dijo ella con la respiración entrecortada.

–¿Qué es lo que tenemos que dejar claro?

–Esto es solo por esta noche. Nada va a cambiar –respondió Danica–. ¿De acuerdo?

–Por supuesto –respondió Luke, sin pensar demasiado en lo que Danica había dicho.

Danica le miró a los ojos y se mordió los labios. Entonces, se puso en pie, bajó los brazos y el sujetador cayó. Los pechos de ella eran dos órbitas perfectas como hechas a medida para caber en sus manos.

–Aunque el sofá es cómodo, ¿no estaríamos mejor en una cama?

Sin un pensamiento coherente en la cabeza, Luke se levantó del sofá y la llevó a su dormitorio.

–Pon las manos en la cama –susurró Luke al oído de ella.

Y, a espaldas de Danica, le separó las piernas con la rodilla. Después, le acarició los muslos, de rodilla para arriba. Entonces, deslizó los dedos por debajo de la cinturilla de las bragas y le acarició los suaves rizos.

Danica se apretó contra él, pegando las nalgas a su dolorosa erección. Respirando trabajosamente, Luke introdujo un dedo dentro de ella, lenta y profundamente.

Danica jadeó y gimió. Luke nunca había oído un sonido tan dulce. Con el pulgar le acarició el clítoris y los jadeos de ella se tornaron más intensos, más rápidos.

–Luke, necesito…

–Lo sé –y lo sabía, a él le ocurría lo mismo.

Danica se estremeció y trató de volverse de cara a él, pero Luke la sujetó por las caderas, impidiéndoselo.

–No, todavía no –dijo al oído de ella.

Entonces, le bajó las bragas, se arrodilló y acercó

la boca al sexo de Danica. Y pensó que nunca había saboreado nada tan exquisito.

Danica lanzó un grito gutural que le instó a chuparla con más dureza, más rapidez, más profundidad. La sintió temblar y la soltó justo a tiempo de verla caer en la cama con un grito de placer.

Se tumbó al lado de Danica, aún con los pantalones del esmoquin, y la hizo volverse. Los grandes y verdes ojos de Danica le miraron con satisfacción. Él sonrió. Era una mujer maravillosa.

—Ha sido… —Danica se interrumpió y tomó aire—. No sé, no puedo pensar. Y tú… Vamos, desnúdate.

Luke no necesitaba que se lo repitieran. Acabó de desvestirse en un segundo, abrió un sobre pequeño y se puso un condón.

Vio a Danica agrandar los ojos al verle desnudo por primera vez. Después, le sonrió ampliamente y abrió los brazos para recibirle.

Luke no podía aguantar más. Tenía que poseerla. Ni siquiera en la adolescencia se había visto presa de tal entusiasmo. Se introdujo en ella, cerró los ojos y contuvo un gemido de placer.

Por lo general, sabía controlarse. Pero las caricias de Danica en la espalda y sus gemidos, instándole a ir más de prisa y a profundizar dentro de su cuerpo, le obnubilaron. La presión llegó a resultarle insoportable. Apretó los dientes, no era un quinceañero con su primera novia. Pero cuando Danica gritó debajo de él, sus espasmos sacudieron la cama.

En ese momento, todo estalló a su alrededor.

Cuando Luke se recuperó, abrazó a Danica y depositó un diminuto beso en su pecosa nariz. Ella parpadeó, le miró y sonrió perezosamente.

–El mejor resultado de mi vida después de dejar claras las cosas –declaró ella.

A Luke se le hinchó el pecho. La abrazó con fuerza. La vainilla y la canela le rodeaban, una mezcla dulce, cálida y sabrosa. Como Danica.

Podría pasar así el resto de su vida, pensó mientras le sobrecogía la clase de sueño después de una relación sexual realmente satisfactoria.

Entonces, abrió los ojos bruscamente.

¿El resto de su vida?

¿Cómo se le había podido ocurrir semejante cosa?

Apoyándose en un codo, Luke se incorporó y miró a la mujer acurrucada a su lado. Esa mujer era...

Danica.

Se quedó dormido con el nombre de ella en sus pensamientos.

Alguien le estaba sacudiendo el hombro suave pero insistentemente. Luke abrió los ojos y vio a Danica, vestida. Se incorporó apoyándose en un codo, pero ella empezó a hablar sin darle tiempo a desperezarse.

–Hola. Perdona por haberte despertado, pero es que me voy a mi casa –dijo Danica sin mirarle, paseando los ojos por el suelo, como si estuviera buscando algo.

De repente, Danica se agachó y él vio que había recogido del suelo las bragas de algodón blanco. La vio meterlas en el bolsillo del vestido con una mano, en la otra mano tenía el teléfono móvil.

–No es necesario que te vayas…

–Sí, lo es –le interrumpió ella con firmeza–. Mañana tengo mucho trabajo. Los dos necesitamos dormir.

–Estábamos durmiendo –Luke alargó un brazo–. Venga, vuelve a la cama.

–Solo quería decirte que me marcho –insistió Danica, apartándose lo suficiente para que él no pudiera alcanzarla.

–¿Qué te pasa? –no podía tratarse de su encuentro sexual, había sido increíble. Extraordinario.

–No pasa nada –Danica forzó una carcajada–. Te he despertado porque no quería marcharme sin decirte nada. Quiero decir que… Aún trabajo para ti, ¿no?

–Claro –Luke buscó la mirada de ella y se dio cuenta de que no le estaba diciendo toda la verdad. Sin embargo, jamás había forzado a una mujer a estar en su cama y no iba a hacerlo ahora. Si Danica quería marcharse, era asunto suyo.

Luke apartó la ropa de la cama.

–Te llevaré a tu casa.

–¡No! Ya he pedido un taxi por teléfono. No es necesario que te molestes.

–No es…

–¡Mira, el coche ya casi está aquí! Ahora no puedo cancelarlo –dijo Danica con los ojos fijos en la pantalla del móvil–. Bueno, gracias por la fiesta y… por todo lo demás. Lo he pasado muy bien. Espero que tú también. Bueno…

–Danica… –Luke quería asegurarle que todo estaba bien. Quería abrazarla y acariciarla hasta convencerla de volver a la cama.

No. Eso era una equivocación. Él no forzaba a las mujeres a quedarse con él. Ocultó su confusión con una tensa sonrisa.

–Sí, lo he pasado muy bien. Gracias.

–Bueno, entonces… ¿hasta mañana? ¿En Ruby Hawk?

–Por supuesto.

El vacío que sentía en el estómago debía ser hambre. No había comido nada durante la fiesta.

El móvil de Danica sonó y ella echó un vistazo a la pantalla.

–El taxi ya está aquí –Danica se dirigió a la puerta–. Bueno, adiós.

Y, tras esas palabras, desapareció.

Unas horas después, cuando Luke se despertó de nuevo antes de que sonara la alarma del despertador, se encontró abrazando la almohada sobre la que ella había reposado su cabeza. Intentó volverse a dormir, pero no lo consiguió.

Cuando salió de la ducha para empezar la jornada laboral, había tomado tres decisiones:

La primera, la búsqueda había acabado. Con Cinco Jackson husmeando a su alrededor, el riesgo había aumentado. Necesitaba convencer a Nestor de que estaba decidido a casarse. Una primera página con él persiguiendo a mujeres solteras lo pondría en cuestión.

La segunda, seguía necesitando una esposa.

La tercera, la solución lógica al problema era Danica.

Capítulo Siete

Luke cruzó la entrada de Ruby Hawk deseoso de poner en marcha cuanto antes el plan que había elaborado. En la cama la unión había sido explosiva, estaba seguro de que Danica se mostraría completamente de acuerdo con él.

—Te veo muy animado —dijo Anjuli al encontrarse con él en el bar—. Nunca te he visto así después de la fiesta de la Peninsula Society. ¿Te quedaste en casa y no fuiste?

—Sí, fui. ¿Has oído hablar de Medevco?

Anjuli arqueó las cejas, sorprendida por el brusco cambio en la conversación.

—No —respondió ella sacudiendo la cabeza . Pero puede que sea porque no he prestado mucha atención al sector de salud.

—¿Te importaría investigar un poco? El fundador es Evan Fletcher. Grayson Monk es el principal inversor.

Agarró el café y se dirigió hacia la sala de conferencias que utilizaba como despacho. Al llegar, encontró las persianas bajadas, lo que le extrañó, ya que estaba seguro de haberlas dejado abiertas al marcharse el día anterior.

Luke abrió la puerta y, al instante, deseó no haberlo hecho.

Irene Stavros estaba sentada a la mesa ojeando un número de la maldita revista *Silicon Valley Weekly*.

–Hola –dijo ella–. Siento no haber podido ir a la fiesta anoche. Pero, al parecer, lo pasaste muy bien a pesar de mi ausencia.

Irene Stavros le enseñó una página doble con una foto de él y Danica hablando con Grayson Monk. Irene señaló a Danica con una uña.

–Lo que no llego a comprender es por qué te marchaste de la fiesta acompañado de una camarera.

«¿Qué he hecho? ¿Qué he hecho? ¿Qué he hecho?». Danica no podía dejar de hacerse esa pregunta. Recorrió como una autómata las seis manzanas que separaban la estación de tren de las oficinas de Ruby Hawk.

Se había acostado con Luke Dallas.

El encuentro sexual había sido explosivo, apocalíptico, indescriptible. Un encuentro sexual propio de una fantasía.

Pero por excepcional que hubiera sido, no debería haber arriesgado su carrera profesional por ello. Lo que había ocurrido no podía volver a ocurrir. No podía ir más allá.

Luke, con toda certeza, estaría de acuerdo. Al fin y al cabo, Luke la había contratado para buscarle una esposa, y ella no estaba en la lista de candidatas. Lo de la noche anterior había sido una locura, incentivada por el champán y la curiosidad.

Ya lo habían hecho. No iban a repetir.

Al llegar a su lugar de trabajo, respiró hondo, se sentó detrás del escritorio y se puso a trabajar con la intención de conseguirle a Luke una tercera candidata cuanto antes. Después, cobraría por su trabajo, se marcharía de Ruby Hawk y montaría su propia empresa.

El teléfono sonó, indicándole que tenía un mensaje. Era de su madre.

Por favor, llámame lo antes posible. El banco se niega a financiarnos una segunda hipoteca, pero los médicos insisten en que Matt necesita, como mínimo, seis meses más de fisioterapia. Nos gustaría hablar contigo para ver qué opinas sobre vender la casa.
Besos.

–Me alegro de que estés aquí –dijo Luke, sorprendiéndola, justo en el momento en que acababa de terminar de leer el mensaje.

Luke estaba apoyado en el marco de la puerta con los brazos cruzados. Rápidamente, apartó los ojos de él y los clavó en la pantalla del ordenador.

–¿Querías algo?

Luke se apartó de la puerta, se acercó a la mesa del despacho y se plantó delante de ella.

–A ti.

La sorpresa la inmovilizó. Después, un intenso calor se extendió por todo su cuerpo. Oyó una especie de gemido y se dio cuenta de que había salido de su garganta. No podía dejar de mirarle aunque quisiera. Pero tampoco lo intentó.

Fue él quien puso fin a la momentánea tensión.

–Buenos días, Danica. Deja que te presente a una vieja amiga. No creo que la conozcas –Luke retrocedió y entonces Danica se dio cuenta de que había una mujer en el umbral de la puerta–. Danica, te presento a Irene Stavros. Estudiamos juntos en la universidad. Irene, esta es Danica. Mi esposa.

«Su… ¿qué?»

Danica se le quedó mirando mientras Luke se sentaba en una esquina del escritorio. No se resistió cuando él le agarró la mano izquierda. No debía haber oído bien.

Pero solo le bastó lanzar una mirada a Irene Stavros para darse cuenta de que le había oído correctamente. Y también se dio cuenta de que Irene estaba muerta de curiosidad.

«Luke, ¿qué estás haciendo?», quiso preguntarle ella. No obstante, se soltó de la mano de Luke, se puso en pie, y le ofreció a Irene la mano derecha.

–Encantada de conocerte. He oído hablar mucho de ti –lo que era verdad.

Irene le estrechó la mano con firmeza, casi haciéndole daño.

–Encantada –respondió Irene–. Aunque no puedo decir lo mismo de ti –después, se volvió a Luke–. Qué calladito te lo tenías, Luke.

–Bueno, ya sabes lo que pasa –dijo Danica encogiendo los hombros y fingiendo no darle importancia–. Somos gente discreta.

Pero, por dentro, Danica sentía una mezcla de incredulidad, enfado y perplejidad. No obstante, ¿qué podía decir? No sabía lo que Luke le había contado a

Irene ni por qué se le había ocurrido algo tan absurdo como que estaban casados. Lo que sí sabía era que no le gustaba el brillo en los ojos de Irene mientras la examinaba desde la cabeza a los pies.

–No, no sé lo que pasa –dijo Irene mirándola con una falsa sonrisa–. ¿Cómo es que no llevas un anillo? Tienes que contarme cómo es que os habéis casado así, tan deprisa. ¿Durante el almuerzo? ¿Estás libre?

–No –dijo Luke con firmeza–. Vamos a comer juntos, los dos solos. Lo siento, pero ya tenemos mesa reservada. Lo comprendes, ¿verdad?

–Mmm –Irene continuó mirándola con una sonrisa burlona–. Claro, los restaurantes no permiten nunca que se añada un plato en las mesas reservadas.

De repente, Danica recordó que ella también disponía de armas propias.

–Claro, ven a comer con nosotros –entonces, agarró una mano de Luke y le besó la palma–. Será divertido, ¿verdad, cielo?

–Preferiría estar solo contigo –dijo Luke. Y le alzó la barbilla para darle un beso en los labios–. Además, Irene acaba de hacerme recordar que tenemos que ir a recoger los anillos.

–Vamos, tenemos tiempo de sobra para eso. Me encantaría conocer mejor a Irene –declaró Danica, dedicando una espléndida sonrisa a aquella mujer.

–Hacéis una pareja adorable –dijo Irene sin que la sonrisa alcanzara sus ojos–. Me encantaría…

Se interrumpió al oír su móvil, lo sacó del bolso y dijo:

–Lo siento, pero me parece que no voy a poder ir a

almorzar con vosotros, tengo trabajo –Irene apartó los ojos de la pantalla del móvil–. Mi padre está deseando conocer a Veronica.

–Danica –le corrigió Luke.

–Sí, claro –Irene tecleó el nombre en su móvil. Después, sacó de la cartera una tarjeta y se la dio a Danica–. Llámame. Me encantaría hacer una fiesta en vuestro honor. Y no te preocupes, no habrá mucha gente. Pero habrá gente que estoy segura que no conoces y que te convendría conocer –Irene esbozó una sonrisa perfecta con perfectos dientes rodeados de perfectos labios.

Danica, de repente, se dio cuenta de que no iba maquillada. No obstante, le devolvió la sonrisa a Irene, la misma clase de sonrisa.

–Qué amable.

–¡Estupendo! Bueno, entretanto, le enviaré a Luke el nombre y la dirección de mi estilista. Lo digo por si tú todavía no tienes una –mientras hablaba, Irene tenía los ojos fijos en la blusa de Danica, comprada en rebajas unos años atrás–. En fin, será mejor que me vaya ya. Ha sido un placer verte, Luke. Y, de nuevo, felicidades, Danica, encantada de haberte conocido. Hasta pronto.

Irene agitó la mano a modo de despedida y se marchó. Danica esperó a que aquella mujer desapareciera; entonces, se acercó a la puerta y miró a uno y otro lado.

–Se ha marchado –dijo Luke.

Danica cerró la puerta firmemente y giró para enfrentarse a él.

102

–Solo quería asegurarme de que no me oiga nadie cuando te grite –el corazón le latía a una velocidad vertiginosa–. ¡Que me haya acostado contigo no te da derecho a involucrarme en el juego que te traes entre manos con Irene!

Luke dio un paso hacia ella al tiempo que alzaba las manos.

–Danica…

–No te acerques ni un centímetro más –le advirtió Danica. No quería que la proximidad de él le quitara la razón. Estaba enfadada y tenía derecho a estar enfadada.

–Sé que estás disgustada, pero…

–No estoy disgustada, estoy furiosa. Estoy que me subo por las paredes. Estoy…

–Y con todo el derecho del mundo. Pero piénsalo, los dos salimos ganando.

Danica lanzó un bufido.

–Puede que esto te sorprenda muchísimo, pero no todas las mujeres que se acuestan contigo quieren casarse contigo automáticamente.

A pesar de la advertencia, Luke avanzó dos pasos hacia ella. Danica retrocedió, hasta que se dio contra la puerta.

–Piénsalo –dijo Luke–. Es la solución perfecta.

–Luke…

–Sé que estás enfadada conmigo, pero es la solución perfecta. De esta forma, Cinco Jackson ya no podrá seguir con lo que sea que tiene pesado hacer.

–Casarte con tu empleada no creo que lo consiga, sino todo lo contrario –dijo Danica frunciendo el ceño.

–¿Cómo crees que voy a poder mirar a una mujer cuando te tengo a ti? –una chispa apareció en los ojos azules de Luke.

Durante unos segundos, Danica se permitió imaginar cómo sería si las palabras de Luke fueran sinceras, si ella fuera importante para él. Tragó saliva y apartó la mirada de Luke.

–¿Y qué es lo que gano yo?

–Tú cumples así con los términos del contrato que hemos firmado, acabas antes de tiempo y te ganas una bonificación.

–¿Una bonificación?

–Jayne, Felicity y tú –Luke contó tres dedos de una mano–. Tres candidatas. Y he aceptado una.

–Pero yo no soy una candidata –Danica se echó a reír. Eso o echarse a llorar–. Anoche fue… anoche. No me estaba presentando como candidata. No cumplo los requisitos necesarios.

–Sabes reaccionar con rapidez, manejaste a la perfección la situación con Felicity y yo he recibido un agradecimiento de la Peninsula Society esta mañana. Grayson Monk ha hecho una generosa donación, y lo ha hecho porque tú le desafiaste, lo ha dicho él mismo –Luke se acercó aún más, su mirada sincera y cálida–. Cumples de sobra con los requisitos impuestos por mí.

Danica quería creerle con toda su alma, pero sabía que Luke era bueno negociando. Ella, por su parte, estaba cansada y preocupada por su familia.

Danica sacudió la cabeza.

–No puedo participar en un matrimonio fingido.

–¿Quién ha dicho nada de fingir? Nos casaremos. Lo antes posible.

–¿Casarnos?

–Sí, claro, legalmente. Casarnos legalmente.

–¿Casarnos… en el pleno sentido de la palabra?

Luke clavó los ojos en su escote. Al instante, se le irguieron los pezones.

–Esa sería la ventaja de este trato.

¿Podría…? No, un momento, Luke estaba demasiado seguro de sí mismo.

–Lo repito, que me haya acostado contigo no significa que quiera volverlo a hacer, y mucho menos que quiera estar unida a ti legalmente.

La cálida chispa desapareció de los ojos de Luke.

–Seguiremos teniendo una relación profesional. Haremos un nuevo contrato. Con un certificado de matrimonio como ventaja añadida.

Danica empequeñeció los ojos.

–Explícate.

–Yo te contraté para que me encontraras una esposa con el fin de demostrar a Nestor que he cambiado. Ampliaremos el contrato, contigo en el papel de mi esposa. En público, nos comportaremos con una pareja, dedicados el uno al otro; de esa forma, habremos cumplido el objetivo y se realizará la adquisición.

–¿Y qué pasará después de que tú consigas lo que quieres?

–Eso dependerá de los dos. De ti –dijo él con una nota en la voz que Danica no le había oído nunca, parecía casi inseguro.

Pero eso no era posible. Luke era quien rompía

las relaciones, quien dejaba a las mujeres. La falta de sueño, lo imprevisto de la situación, la proximidad de él...No podía pensar cuando Luke estaba tan cerca.

–¿Danica?

Danica, demasiado tarde, se dio cuenta de que Luke había seguido hablando.

–Perdona, ¿qué has dicho?

–He dicho que no era así como había pensado pedírtelo. Quería invitarte a comer. Ha sido por culpa de Irene.

–¿Quieres decir que ya lo habías pensado, antes de ver a Irene?

–Lo pensé anoche, después de que te marcharas. No podía dormir...

Luke le puso las manos en el rostro. Danica sabía que no debía acceder a casarse con él. Ella se merecía un matrimonio de verdad, con un hombre que creyera en el amor. Pero el fuego líquido que sentía en el bajo vientre... Asintió antes de pasarse la lengua por los labios.

–Sí –dijo Danica con voz ronca.

–¿Sí? –Luke le acarició los labios con la mirada.

–Sí –repitió ella, pero alzó una mano cuando Luke se inclinó sobre ella–. Hasta que Stavros Group adquiera Ruby Hawk.

Los ojos de Luke oscurecieron, pero fue la única reacción que vio en él. ¿Estaba contento? ¿Estaba decepcionado? Le habría encantado saberlo.

–De acuerdo, hasta que se lleve a cabo la adquisición –declaró él por fin.

–Trato hecho

Danica le ofreció la mano para sellar el acuerdo, pero Luke la rodeó con sus brazos, envolviéndola con su calor. Danica contuvo el deseo de apoyar la cabeza en ese fuerte pecho, cerrar los ojos y aspirar el aroma de ese hombre.

«No te encariñes con él», se advirtió a sí misma.

–Empezamos a contar ya –dijo Luke con voz ronca. Y antes de besarla, susurró–: No voy a permitir que perdamos el tiempo.

Y toda lógica la abandonó.

Capítulo Ocho

En circunstancias distintas, Danica habría estado encantada. Era el día de su boda. Su novio era un hombre importante en Silicon Valley. Su familia iba a dejar de tener problemas económicos. Matt iba a poder continuar con la terapia hasta que ya no la necesitara, no hasta cuando el seguro médico dejara de financiarla.

Aunque debería sentirse la persona más feliz del mundo, estaba aterrada.

En menos de veinticuatro horas Luke había conseguido arreglar los papeles y cita en el juzgado para la ceremonia, que iba a tener lugar a las dos y media de la tarde.

Respiró hondo, contó hasta tres y soltó el aire. Aquello era solo una cuestión de negocios, un trato. Habían redactado un contrato el día anterior, por la tarde, después del trabajo.

Sería una estupidez por su parte si se permitía implicarse emocionalmente.

—¡Danica!

Luke estaba ya en la sala de espera, había llegado antes de la hora.

—Vaya, ya estás aquí —dijo ella, logrando un tono de voz normal. Sin embargo, por dentro, estaba hecha un manojo de nervios.

–Estás… preciosa. Y llevas el pelo suelto.

Un vestido blanco de novia habría sido algo absurdo, dadas las circunstancias. Pero la tarde anterior, al ver un vestido estampado en flores de color rosa en el escaparate de una boutique de Palo Alto, no había podido resistirlo.

–Gracias –respondió ella con súbita timidez–. No veo a Aisha. Deja que la llame.

–¡Aquí estoy!

Danica se volvió y vio a su investigadora acercándose a ellos. Necesitaban un testigo para firmar el certificado de matrimonio; Mai no había podido cambiar su turno en el hospital y por eso había llamado a Aisha, que no solo era una compañera de trabajo, sino una amiga y una persona de total confianza. Danica estaba segura de su total discreción respecto a la boda.

Con ese vestido amarillo, Aisha estaba preciosa. Su amiga la miró de arriba abajo y le dio un ramo de rosas blancas.

–Te he traído esto, por si no se te ocurría.

–Ya sabía que se me olvidaba algo –dijo Danica con una sonrisa–. Son preciosas.

–¿Cómo habéis conseguido organizar la boda con tanta rapidez? –preguntó Aisha.

–Un favor de un amigo de mi familia –respondió Luke.

En ese momento, el móvil de Luke sonó.

–Disculpadme un segundo, por favor. Ahora mismo vuelvo.

En el momento en que Luke se apartó, Aisha le tocó el brazo a Danica.

–¿Podríamos hablar un momento? En privado, antes de que vuelva el novio.

Aisha parecía muy seria. Eso significaba que no debía tratarse de buenas noticias.

–¿Qué ocurre?

–Cinco Jackson. ¿Por qué crees que me ha llamado a la oficina y me ha preguntado por ti? ¿Crees que tiene algo que ver con tu repentina boda?

–¿Que te ha preguntado por mí? ¿Qué te ha dicho? –preguntó Danica aún más nerviosa si cabía.

Aisha se encogió de hombros.

–Que cuánto tiempo llevo colaborando contigo, que si te conozco bien, que cuánto tiempo llevas trabajando para Dallas… ese tipo de cosas.

–¿Le has dicho algo sobre la boda? –preguntó Danica mirando a Aisha a los ojos. Luke tenía pensado hacer público su matrimonio, pero sin mencionar la fecha en la que había tenido lugar.

–¡No, claro que no! –exclamó Aisha–. Eso es cosa tuya. Pero hace unos días, me pediste que investigara sobre el estado civil de unas mujeres. Y ahora resulta que vas y te casas de repente. Jackson no es el único que siente curiosidad.

Aisha parecía desairada. Danica no tenía muchos amigos en California, no quería perder a Aisha.

–Ha sido una decisión repentina. Pero lo hemos pensado bien.

–Ya –dijo Aisha, sin parecer convencida–. Dallas está muy bien relacionado, su madre, prácticamente, es la dueña de la sociedad Bay Area. Y… ¿cómo es que solo estamos los tres en esta ceremonia?

–No queríamos un espectáculo. Queríamos que esto fuera algo íntimo.

La expresión de Aisha seguía mostrando escepticismo.

–Se rumorea que hay un cierto problema con la adquisición de Ruhy Hawk, y que ese problema se refiere a lo que la familia Stavros tiene en contra de Dallas. No sé qué es lo que pasa, pero he investigado a Irene y sé que es mejor no enemistarse con ella.

–¿Por qué casarme con Luke iba a enemistarme con Irene? –Danica agrandó los ojos.

Aisha se la quedó mirando durante unos segundos.

–Está bien, si no quieres contármelo, no lo hagas. Como he dicho antes, es asunto tuyo.

–No hay nada…

En ese momento, Luke se reunió con ellas y le ofreció el brazo a Danica.

Creo que ya nos toca. ¿Vamos?

Por lo que Aisha le contó después, la ceremonia había sido correcta. Pero ella no recordaba nada.

–Felicidades otra vez –dijo Aisha ya fuera del juzgado–. Tengo que irme a trabajar, pero pasadlo bien.

Aisha abrazó a Danica con fuerza, se despidió y se marchó.

Luke se aclaró la garganta.

–Aún tenemos pendiente una comida. ¿Tienes hambre?

Como no había probado bocado desde que él apareció en su despacho el día anterior, Danica asintió.

–Estupendo –Luke le agarró la mano, que ahora lucía un anillo con un brillante de tres quilates–. Tienes las manos frías.

–Acabo de casarme –respondió ella y, con un esfuerzo, sonrió.

–De nuevo, gracias.

–Un trato es un trato. Y el matrimonio solo va a durar hasta que asegures la adquisición de la empresa.

–Pero, entretanto, estamos casados, ¿no? –dijo Luke arrugando el ceño.

–Claro, estamos casados. Pero esa no ha sido una ceremonia de verdad, en toda regla –Danica sabía que estaba hablando por hablar, pero no podía callar.

–El certificado de matrimonio está en toda regla.

–Sí, ya lo sé. Pero… Para empezar, mi familia no estaba ahí. Ningún organista estaba tocando *My Shot*, del musical *Hamilton*…

–¿Qué era lo que no tocaba el organista? –preguntó Luke, deteniéndose.

–No soporto la marcha nupcial en las bodas. No la soporto.

Luke se echó a reír, lo que le había imposiblemente atractivo.

–No, claro que no. ¡Quién soporta la marcha nupcial!

–Es un tópico. Yo prefiero algo más personal, con significado.

–¿Y la canción que has mencionado…?

–Habla sobre las oportunidades que se te presentan en la vida. Habla de atreverse a correr riesgos, como…

–Como el matrimonio –concluyó él, asintiendo–. Entiendo.

112

Llegaron al coche, Luke lo abrió y la ayudó a entrar.

—Como el amor —susurró Danica mientras Luke rodeaba el vehículo. Cuando Luke se sentó al volante, ella preguntó—: ¿Dónde vamos a ir a almorzar?

—Si te parece bien, podríamos ir a un sitio que conozco, está muy bien y no está lejos de aquí. O…

—¿O?

Luke se volvió y la miró con fijeza, provocándole un escalofrío en todo el cuerpo.

—O podemos ir a mi casa —concluyó Luke. Entonces, le agarró la mano y le besó la palma.

—Hablabas en serio al decir que esto es un matrimonio de verdad —comentó Danica sintiendo un profundo calor en la entrepierna.

—Sí. Pero será como tú quieras —Luke le acarició la muñeca, pero lo que Danica quería era que le acariciara los pechos.

De momento, Luke le pertenecía; al menos, legalmente y durante el tiempo que el contrato tuviera vigencia.

—¿Tienes champán en casa?

Los ojos azules de Luke oscurecieron.

—En la nevera.

Danica se inclinó sobre él hasta que sus bocas casi se tocaron.

—Me apetece champán —susurró junto a sus labios.

Danica colgó el teléfono contenta de haber terminado de hablar con sus padres y con Matt. Entonces, le sobrevino un súbito sentimiento de culpabilidad por estar tan contenta.

Tal y como había prometido, Luke le había pagado lo acordado más una bonificación justo el día de después de su boda, y ella había enviado el dinero a su familia. Sus padres se habían disgustado al enterarse de que se había casado con un hombre del que no sabían nada, pero ella había conseguido calmarles al prometerles que pronto iría a visitarles acompañada de su esposo, cuando Matt se encontrara mejor.

A partir de entonces, hablaban por teléfono una vez a la semana y, hasta el momento, Danica había logrado contestar a sus preguntas satisfactoriamente.

Danica abrió un archivo en su ordenador. Desde la boda, su vida cotidiana se había normalizado. Luke seguía necesitando un nuevo director para la sociedad benéfica dependiente de Ruby Hawk y ella había seleccionado a unos candidatos a los que tenía que entrevistar. También tenía que terminar un informe sobre las obras de beneficencia que la fundación debía apoyar.

Sin embargo, lo que debería estar haciendo era trabajar en el lanzamiento de su propia empresa. Al fin y al cabo, antes o después dejaría Ruby Hawk.

Pero enfrentarse a esa realidad significaba enfrentarse a la inevitable separación entre Luke y ella. Al casarse con Luke, no había podido imaginar que sus relaciones sexuales pudieran alcanzar semejante grado de placer. Después del trabajo, cuando se quedaban solos…

Danica tembló al recordar la noche anterior, al

recordar la boca de él en su piel, la lengua de Luke procurándole un éxtasis indescriptible. Nunca había imaginado que…

Luke entró en su despacho en ese momento, leía algo en su móvil. Se detuvo delante de su escritorio.

–¿Eres tú quien ha elaborado esta propuesta? ¿Sobre cómo utilizar la tecnología de Ruby Hawk para aumentar la seguridad en el deporte juvenil? –le preguntó Luke.

Ah, Luke estaba en plan profesional. Tendría que dejar esos pensamientos eróticos hasta por la noche.

–Sí, ¿qué tiene de malo?

–Nada en absoluto. Es una propuesta muy buena. No sabía que te interesara tanto el tema de las lesiones en el deporte juvenil. ¿Solías jugar a algo?

–¿Yo? –Danica lanzó una carcajada–. No, en absoluto. Respecto al deporte, solo sirvo para dar apoyo moral.

–Tu propuesta es muy persuasiva. Es evidente que sabes del tema.

Danica no sabía hasta qué punto quería que Luke supiera sobre su vida. Aunque estaban casados, su intimidad era estrictamente física. Su familia no tenía nada que ver con él. Si intimaban más, le resultaría imposible separarse de Luke cuando su contrato perdiera vigencia.

–He leído bastante sobre las lesiones y sus efectos en el cerebro. Ruby Tech, utilizando sus algoritmos, pueden poner sensores en el equipamiento deportivo para hacerlo más seguro.

–Tu propuesta deja eso muy claro –respondió Luke

asintiendo–. No obstante, deberías hablar con uno de los programadores para profundizar en los aspectos más técnicos.

–¿Lo ves? –ella sonrió–. Sabía que mi propuesta no estaba desarrollada del todo.

–Deja de ser tan crítica contigo misma. Es una buena propuesta –dijo Luke.

En ese momento, sonó el teléfono de Luke. Al cabo de unos segundos, Danica vio cómo la expresión de él se tornaba impasible y distante.

–Sí… No… Sí… –dijo Luke a intervalos. Después, colgó y se volvió para marcharse.

Danica, preocupada, se puso en pie y le retuvo.

–¿Quién te ha llamado?

–Nadie –respondió Luke–. Te veré esta noche en casa.

–¿Qué pasa? –insistió ella–. ¿Cinco Jackson? ¿Irene?

Irene se había mostrado muy amistosa con ella, demasiado. Todos los días recibía una invitación de Irene: un almuerzo, entradas para una función con fines benéficos, entradas para la orquesta sinfónica de San Francisco. Al final, había accedido a asistir a una merienda con fines benéficos e Irene se había mostrado encantadora con ella. No le extrañaba que Luke hubiera tenido relaciones con Irene.

Luke sacudió la cabeza.

–Se trata de una cita que creía que había sido cancelada.

La luz del móvil, que Luke sujetaba en su mano, chispeó.

–Tienes otra llamada.

Luke lanzó un juramento y después respondió.

–¿Qué? Acabo de hablar con ella… He dicho que sí, que iré… No… No y no.

Luke cortó la conexión, pero no antes de que ella viera la identidad de la persona que le había llamado: Jonathan Dallas.

–¿Tu familia? –preguntó Danica.

–Mi padre.

–¿Y consideras eso una cita? –Danica sabía que el padre de Luke, jubilado, se había ido a vivir a Palm Beach, Florida; entretanto, su madre repartía su tiempo entre sus casas en San Francisco, París y Cape Town–. ¿Está aquí tu padre? ¿No crees que deberíamos invitarle a cenar?

–No, ni hablar. Un almuerzo en un sitio neutral como mucho. Han sugerido la bahía Half Moon, como si fuera fácil para mí cruzar las montañas en un día laboral.

El móvil de Luke volvió a sonar. Esta vez, el nombre que apareció en la pantalla fue Phoebe Ailes. Luke, sin contestar, guardó el móvil en el bolsillo.

–Deberías considerar la posibilidad de aceptar el trabajo de la fundación.

Danica se negó a picar el anzuelo.

–Si tus padres están en la ciudad, ¿por qué no me los has presentado?

–Eres una entrometida –dijo él, y no era un halago.

–Claro que lo soy, es parte de mi trabajo.

–Bueno, tengo que marcharme, yo también necesito ponerme a trabajar –declaró Luke con frialdad.

–Muy bien –dijo Danica. Entonces, suspiró y se apartó de él–. Pero si quieres hablar de tu familia, aquí me tienes.

–No lo creo probable. Y menos contigo.

Danica tuvo la impresión de que él estaba dolido. No se le había pasado por la cabeza que a Luke pudiera hacerle sufrir alguien, y menos sus padres.

–Quiero ir a almorzar con vosotros.

–No, de ninguna manera –replicó él.

–Sí, Luke, quiero ir. Insisto –los padres de Luke eran una pieza clave en el rompecabezas que suponía la vida de él.

–¿Estás segura? El motivo por el que quieren almorzar conmigo es porque se han enterado de nuestro matrimonio. Y no soy yo quien se lo ha dicho.

–¿No se lo habías dicho? –preguntó ella con incredulidad–. ¿Por qué no?

–Porque no lo había creído necesario. Esperaba evitar un enfrentamiento.

–No es posible que hables en serio –dijo ella parpadeando.

–Sí, así es. ¿Seguro que quieres venir a almorzar?

–Tendré que conocerles en algún momento. Al fin y al cabo, estamos casados, aunque nuestro matrimonio tenga fecha de caducidad.

–Allá tú.

–Vamos, Luke, no creo que sea tan terrible –dijo Danica alisándole las arrugas de la pechera de la camisa.

***

Sí, fue terrible. Danica y Luke llegaron a la una en punto al elegante restaurante. Una camarera les condujo a una mesa con servicio para cuatro en un discreto e íntimo patio. Dos de las sillas estaban ocupadas, sus ocupantes enfrascados con sus móviles.

Luke se aclaró la garganta y el padre de Luke alzó la cabeza.

—Ah, hola. Me alegro de veros —dijo el padre de Luke con una animada sonrisa—. Soy Jonathan.

—Esta es... —comenzó a decir Luke.

—Sabemos quién es —dijo la acompañante de Jonathan aún con los ojos fijos en el móvil—. Aunque no lo sabemos por ti.

La madre de Luke era rubia y tenía la piel muy blanca, unas enormes gafas de sol le ocultaban gran parte del rostro.

—Esta es Danica —concluyó Luke—. Danica, te presento a mis padres, Jonathan Dallas y Phoebe Ailes.

Luke, que la llevaba de la mano, se la apretó y le susurró al oído:

Luego no digas que no te lo había advertido.

Danica le dio un codazo disimuladamente, se soltó de la mano de él y ofreció la suya a la madre de Luke.

—Encantada de conocerla, señora Ailes.

—Igualmente —respondió Phoebe estrechándole la mano brevemente.

Luke apartó una silla, al lado de la de su padre, para Danica.

—Llámala Phoebe. Yo también la llamo así —dijo Luke.

Jonathan se llevó una mano de Danica a los labios.

–Encantado de conocer a una joven tan encantadora –dijo Jonathan después de soltarle los dedos lentamente.

–Gracias –respondió Danica sonriendo al padre de Luke.

Jonathan Dallas era un hombre sorprendentemente guapo; no obstante, padre e hijo no se parecían mucho. Danica tampoco vio gran parecido entre Luke y su madre.

–Bueno, esto sí que es una sorpresa –declaró Phoebe dejando por fin a un lado el móvil–. Luke nos había dicho que estabas demasiado ocupada para venir. Te llamas Danielle, ¿verdad?

–Danica –dijo Luke sentándose al lado de su madre, frente a Danica–. Lo sabías perfectamente. Y ha tenido que dejar de hacer cosas importantes para venir aquí, así que haz el favor de ser amable.

–Quizás no se me habría olvidado el nombre de mi nuera si nos hubieras dicho que te habías casado, en vez de enterarnos por Irene Stavros.

–Danica y yo decidimos que queríamos una ceremonia discreta e íntima. Casi nadie lo sabía –respondió Luke.

La madre de Luke continuó quejándose, pero Danica no le prestó atención. Comprendía que Irene hubiera hablado con los padres de Luke. ¿No era esa la razón de que Luke necesitara una esposa, debido al feudo entre la familia Stavros y la familia Dallas? Esa gente se desenvolvía en el mundo de las altas finanzas, los aviones privados y cuentas bancarias sin límites. Mientras que ella… ella no era más que un accidente pasajero. Un contrato con fecha de caducidad.

–¿Te pasa algo, querida? –preguntó Phoebe arqueando las cejas por encima de la montura de las gafas de sol.

–No, nada en absoluto –respondió Danica–. ¿Qué vais a comer? No sé qué pedir, no acabo por decidirme.

–Estás muy pálida –comentó Phoebe con falsa dulzura–. No tendrás náuseas, ¿verdad?

–No, estoy bien.

–Aquí hacen muy bien el ceviche –interpuso Luke abriendo la carta–. Creo que te gustará, Danica. Pescado crudo, sin especias.

–¿Pescado crudo? No lo considero aconsejable –dijo Phoebe–. Quizá solomillo de ternera, aunque hay que tener cuidado con la listeria.

–¿Listeria? –Danica, mirando a Luke, arqueó las cejas–. ¿Es eso parecido a la enfermedad de las vacas locas o a la salmonela?

–Phoebe, Danica no está embarazada –después, Luke se volvió a Danica–. La listeria es una bacteria que puede llegar a causar grandes problemas durante el embarazo. ¿Te apetece que compartamos un ceviche de aperitivo?

Phoebe se aclaró la garganta. Danica y Luke se volvieron para mirarla.

–Si no está embarazada, ¿por qué os habéis casado? –Phoebe se quitó las gafas, tenía unos penetrantes ojos azul oscuro. Era en lo único que su hijo se parecía a ella.

–¿Te apetece bogavante de plato principal? –le preguntó Luke, ignorando a su madre–. Aquí lo preparan de maravilla.

–Un momento… ¿Crees que estoy embarazada? –preguntó Danica mirando a Phoebe antes de dejar escapar una queda carcajada y volverse a Luke–. ¿Esta pregunta se la han hecho tus padres a todas las mujeres que les has presentado o solo a mí?

Phoebe cerró la carta y la dejó encima de su plato.

–Es la primera vez que mi hijo se casa, Danielle. Y, por supuesto, nos extraña que lo haya hecho con una desconocida, una mujer cuyo nombre no aparece en casi ninguna página web y a la que no se conoce en los círculos sociales en los que nos desenvolvemos.

–Vaya, me alegro que hayas aprendido a buscar por Internet –comentó Luke–. Pero dejemos de andarnos por las ramas. Queríais conocer a mi mujer; bien, aquí la tenéis. Y ahora, ¿os parece que pidamos la comida?

Jonathan se aclaró la garganta.

–Es una ocasión especial poder comer con mi hijo y su hermosa esposa –Jonathan dio una palmadita a Danica en la mano, que descansaba en la mesa–. Hace un día magnífico, ¿no? A veces, echo de menos vivir aquí. Dime, ¿te criaste en California?

–No. En Rhode Island.

–¡Ah, Newport! Lo conozco bastante bien. ¿Hacías vela? Siempre he dicho que no hay nada mejor que el viento y la brisa del mar en el rostro. ¡Extraordinario!

–No, no he ido nunca en barco de vela –respondió Danica–. Y supongo que conoces Newport mucho mejor que yo.

–Entonces, ¿lo que te gusta es el tenis? Te llevaremos al club cuando vengas a Florida. ¿Partida de dobles? Hablando de todo un poco –Jonathan se volvió hacia Luke–, tu madrastra y yo vamos los primeros en la liga de dobles este año. En la reunión de la junta directiva, les he dicho que…

–A Danica no le gusta mucho el deporte de equipo –dijo Luke lanzándole una mirada conspiratoria a su mujer.

–¿No? –Jonathan arqueó las cejas–. ¿El golf entonces?

Danica sacudió la cabeza.

–¿Y el esquí? Ese no es un deporte de equipo; sobre todo, tal y como lo hago yo –Jonathan lanzó una carcajada y sacudió la cabeza–. Para cuando llegamos a Vail y abrimos la casa, ha acabado la temporada de esquí y nos dedicamos a beber.

–Sí, el esquí –respondió Danica. Tenía la sensación de que si no se decantaba por un deporte Jonathan no iba a dejarla en paz.

–¡Estupendo! En ese caso, Navidades en Colorado.

–Papá…

–Jonathan, por favor –dijo Phoebe, interrumpiendo a su hijo . En primer lugar, no conocemos de nada a esta joven. En segundo lugar, nadie sabe quién es ni qué quiere de Luke. En tercer lugar, ni siquiera sabes si va a estar con Luke la semana que viene, así que mucho menos en Navidad. En cuarto lugar, Irene ha dicho…

–Bien, querías vernos, ya nos habéis visto –dijo Luke furioso al tiempo que se ponía en pie y ponía una mano en el respaldo de la silla de Danica–. Danica, vámonos.

–Lucas Dallas, siéntate –ordenó Phoebe–. No hemos acabado y solo lo haremos cuando decidamos qué hacer respecto a la situación en la que te encuentras. Tienes obligaciones y necesitamos establecer un plan.

–El plan es que nos vamos –declaró Luke. Después, ofreció una mano a Danica para ayudarla a levantarse–. ¿Lista?

No, no estaba lista. No sabía qué hacer ni qué decir. Phoebe no se había equivocado, su relación con Luke era ciertamente confusa. Pero no por los motivos que Phoebe creía. Ella no quería nada de Luke ni de su familia y, mucho menos, dinero. El dinero no había sido el motivo por el que había accedido a casarse con Luke.

Lo cierto era que estaba enamorada de Luke. Lo estaba desde aquella cena en el restaurante mexicano.

Danica se puso en pie.

–Señora Ailes, comprendo su preocupación. Acaba de conocerme y soy la esposa de su hijo. Yo también estaría preocupada de encontrarme en su lugar.

Luke le lanzó una mirada de advertencia que ella decidió ignorar.

–Le diré la verdad. Su hijo…

–Danica… –dijo Luke en tono cortante.

–Su hijo es un hombre muy especial –continuó Danica–. No quería enamorarme de él, intenté no hacerlo. Pero, al final, no pude evitarlo. Sé que ha sido un matrimonio precipitado, pero lo que siento por él es profundo.

Phoebe, que se la había quedado mirando sin pestañear, arqueó una ceja y asintió.

–Ha sido un discurso precioso, querida –declaró Jonathan. Después, se volvió hacia su exesposa–. ¿Lo ves, Phoebe? No va a negarse a firmar un acuerdo postmatrimonial a pesar de que la boda ya se ha celebrado. Siempre te has preocupado por asuntos triviales   Jonathan juntó las manos–. Y ahora que está todo claro, comamos. Vamos, sentaos.

–Tengo que ir al baño –dijo Danica sin atreverse a mirar a Luke–. Entretanto, los tres podéis hablar.

Tras esas palabras, Danica se alejó de allí precipitadamente. Pero en vez de ir a los servicios, salió a la calle y echó a andar. Jamás se integraría en el mundo de Luke, era un mundo completamente ajeno a ella, lo opuesto.

Por primera vez, se fijó en el lugar en el que se encontraba. La calle principal estaba llena de restaurantes y tiendas con letreros de madera pintados a mano en los que un pañuelo podía costar el sueldo del mes de alguna gente. A una manzana de donde se hallaba vio un banco de color turquesa flanqueado por dos macetas de arcilla con geranios de flores rojas. Deci dió sentarse allí para ver qué podía hacer a partir de ese momento.

En el banco, sintió la brisa del mar. Le horrorizaba la idea de verse cara a cara con Luke después de haber declarado su amor por él delante de sus padres. ¿Qué pensaría? Subió las piernas, las rodeó con los brazos y apoyó el rostro en las rodillas.

–Tienes la mala costumbre de salir sin avisar de los restaurantes –dijo Luke sentándose a su lado.

Danica respiró hondo y levantó la cabeza. Vio que

él sonreía. No parecía haberle enfadado que se hubiera marchado.

—No salí corriendo del restaurante mexicano.

—Me refiero al puesto de sushi.

—Eh, no tuve la culpa de que el chef Nagao cerrara el puesto al quedarse sin pescado.

Luke esbozó una sonrisa que no alcanzó sus ojos.

—Lo siento —dijo él simplemente.

¿Qué era lo que sentía? ¿Por qué se disculpaba? Era ella quien había metido la pata.

—No tienes motivos para pedir disculpas.

—Has venido conmigo por hacerme un favor, no era necesario que también soltaras ese sermón. Estoy en deuda contigo.

—¿Un favor? —Danica bajó las piernas. ¿Luke creía que su declaración de amor había sido falsa, por hacerle un favor?—. Yo no…

—Sabes perfectamente lo que quiero decir —le interrumpió Luke en tono impaciente—. Has hecho mucho más de lo necesario. Te lo agradezco, Danica. En serio, te estoy muy agradecido.

Agradecido. No quería el agradecimiento de Luke, sino su amor.

—Bueno, supongo que deberíamos volver al restaurante. Debería pedir disculpas a tus padres por la tardanza.

—Quienes tienen que disculparse son ellos. Y lo harán. Pero se han marchado ya, justo después que tú. De repente, a mi padre le ha surgido un asunto urgente y a mi madre se le había olvidado que tenía una cita con unas amigas en el centro de la ciudad —Luke se puso en pie y le ofreció la mano derecha–. Conozco una hamburguesería buenísima a medio camino de aquí a Palo Alto. ¿Te apetece?

Danica asintió y, de la mano, caminaron hacia el coche de él como una pareja de verdad.

Capítulo Nueve

En dirección a casa de Danica, Luke condujo la camioneta prestada al límite de la velocidad permitida. Desde el día de la boda, Danica había pasado casi todas las noches en casa de él, pero había seguido manteniendo su piso alquilado. Al final, él había puesto punto final a la situación. Era importante que su matrimonio no fuera cuestionado al regreso de Nestor a la ciudad. Danica tenía que residir exclusivamente en su casa, no estar en un sitio y en otro a la vez. Le sorprendía lo mucho que deseaba ver la ropa de ella en el armario de la habitación, sus libros en las estanterías.

Lo que no sabía era si Danica quería vivir con él tanto como él con ella. Se le hizo un nudo en el estómago. Después del almuerzo con sus padres, Danica se había mostrado reservada. Demasiado reservada. Sabía que había sido mala idea llevarla para que la conocieran, pero había decidido correr ese riesgo.

Sus padres se habían comportado… en fin, como se comportaban siempre. Durante el resto de la vida le agradecería a Danica haberse enfrentado a ellos. No, más bien, le había defendido a él.

Luke estaba acostumbrado a defenderse a sí mismo y le gustaba. Le había sorprendido y le había hecho sentirse incómodo que alguien lo hubiera hecho por él. Pero también le había producido algo casi dolorosamente cálido en lo más profundo de su ser.

Aparcó la camioneta delante de una casa anodina. Una valla metálica rodeaba el jardín delantero, salpicado de juguetes de niños. Danica recorrió el corto camino del jardín para reunirse con él. Arqueando las cejas, señaló los coches de plástico y las muñecas.

—¿Algo que no me has contado?

—Mi compañera de piso se gana algún dinero extra cuidando niños —dijo Danica después de dejarse besar—. Es enfermera, especializada en pediatría, un buen trabajo. Pero también tiene muchos gastos, los alquileres se han disparado durante los últimos años.

La puerta de la casa daba directamente al cuarto de estar. El sol de primeras horas de la tarde apenas se filtraba a través de las cortinas. No obstante, vio que la estancia estaba ordenada, a pesar del viejo mobiliario. Había varias cajas de cartón contra una pared.

—No me habías dicho que compartías la casa —dijo él.

—Cuando vine a vivir aquí no sabía lo cara que es la zona de la bahía. Tuve suerte de que Mai necesitara una compañera de piso, y nos llevamos muy bien. Hemos estado muy a gusto. Así que… —Danica jugueteó con la pulsera que adornaba una de sus muñecas—. Bueno, gracias por venir, aunque podía haber contratado un servicio de mudanzas.

Danica mostraba cierta incertidumbre con él, era así desde el almuerzo con sus padres.

—Encantado de poder ayudar en algo. Además,

hace bastante que no voy al gimnasio. Una persona, y no quiero nombrar a nadie, me tiene muy ocupado por las noches; a veces, hasta altas horas de la madrugada.

Ella se rio y él se relajó. Quizá solo fueran nervios. Aunque estaban casados, irse a vivir juntos era un gran paso.

No llevó casi tiempo sacar las cajas del cuarto de estar con las cosas de Danica, la mayoría de los muebles eran de Mai. Luke frunció el ceño al meter la última caja en la camioneta.

–¿Y las cosas del dormitorio? –preguntó él.

–Mmm –Danica, de repente, desvió la mirada–. Todo lo que voy a llevarme está en estas cajas.

–¿Dónde está el dormitorio?

–Al fondo del pasillo de la izquierda. ¿Por qué?

–Porque estoy convencido de que no te llevas todo a mi casa.

–Hemos acordado que me iría a vivir contigo, como tu esposa. Y eso es lo que estoy haciendo –declaró Danica con el rostro ensombrecido–. Cuanto antes lleguemos a tu casa, antes podré instalarme.

Luke se apartó de la furgoneta, entró en la casa, agarró una caja vacía y se dirigió hacia la habitación de ella. Dentro, las cortinas estaban descorridas, la luz del sol alumbraba los animados y vivos colores y los estampados de flores. Había litografías en las paredes y fotos al lado de estanterías con libros.

–Mete en las cajas lo que te falta –dijo él dándole la caja con brusquedad.

–Déjate de tonterías –Danica alzó los ojos al techo–. Voy a dejar aquí algunas cosas, nada más.

–¿Por qué? ¿Crees que te voy a echar de mi casa cuando rescinda nuestro contrato?

Danica enrojeció visiblemente.

–¿Cómo has podido pensar…? ¿Es que no te fías de mí?

–No es eso. Pero…

–Pero nada, no te fías de mí –repitió Luke con la sensación de que el suelo que le sostenía se venía abajo.

–Acordamos que nuestro matrimonio va a durar hasta que se arregle lo de Ruby Hawk. Falta menos de un mes para eso. Así que le he dicho a Mai que iba a seguir alquilando la habitación.

–No sabía que te disgustara tanto estar casada conmigo –dijo él con amargura.

–¡No! –exclamó Danica agrandando los ojos–. ¡Ni mucho menos! Estoy en-encantada con nuestra relación. Pero tiene fecha límite. Tú no esperas que siga contigo una vez que lo de tu empresa se haya solucionado –Danica le miró a los ojos–. ¿O sí?

Luke, hasta el momento, solo había pensado en el trato con Nestor. No había hecho planes para más adelante. Él y Danica podrían hacer planes. Juntos.

–No, claro que no –dijo ella antes de que él pudiera contestar–. No esperaba que fuera de otra manera.

Las palabras de Danica se le clavaron en el corazón.

–¿Quieres que te diga lo que pienso realmente? –continuó ella–. Pienso que te niegas a creer en el cariño, en el amor, porque eso significaría perder control. Y tú no puedes soportar no controlarlo todo.

131

Quieres que el mundo se reduzca a ecuaciones matemáticas, pero el mundo no es así.

No. Él no creía en el amor porque el amor no era real. Lo que se llamaba amor no era más que una mezcla de oxitocina y otras hormonas que inducían a la gente a establecer lazos de unión emocionales y los humanos inteligentes aprendían a manipular esa mezcla para conseguir lo que querían.

Sin embargo, confiar en alguien era una elección racional. Y él confiaba en Danica.

Y estaba dispuesto a conseguir que Danica confiara en él también. Disponían del tiempo suficiente para ello, antes de la fecha de vencimiento del contrato prematrimonial. Y estaba seguro de que podrían llegar a otro acuerdo, aún más ventajoso para ambos.

El sol había comenzado a descender y proyectaba una luz dorada en la habitación. Iluminaba los rizos de Danica, transformándolos en una especie de halo que enmarcaba su rostro en forma de corazón. Al fijarse en sus caderas, pensó en lo bien que conocía ese cuerpo pero en lo que aún le quedaba por descubrir. Clavó los ojos en los labios de ella, en sus mejillas sonrosadas, en su oscurecida mirada…

Sintió pulsaciones en la entrepierna. Danica y él no estaban de acuerdo en lo referente a las emociones, pero unidos en lo relativo a las actividades físicas. Cada estallido más explosivo que el anterior.

–Creía que te gustaba que asumiera el control –dijo Luke acercándose a ella. Le apartó un rizo de la mejilla, acariciándosela–. Y mucho.

Danica parpadeó y se inclinó hacia él. Vio en el

rostro de ella diversas emociones, pudo identificar algunas. Danica esbozó una sonrisa ladeada.

—Estás intentando cambiar de tema.

—¿Y está funcionando? —preguntó antes de besarle la base del cuello y aspirar su aroma.

Danica lanzó un suave gemido.

—Se me había olvidado decirte que Mai tiene turno doble hoy. No volverá a casa hasta las diez de la noche.

—¿En serio? —Luke sonrió maliciosamente.

—Tengo la casa para mí sola —respondió ella, y se lamió los labios con la punta de la lengua.

—Me alegra saberlo —Luke fue a quitarle la goma elástica con la que ella se había recogido el pelo en una cola de caballo.

—No.

—¿No? —preguntó Luke mirándola fijamente.

—Es mi casa y aquí impongo yo las reglas. Y la regla número uno es… —Danica se puso de puntillas para susurrarle al oído—: nada de tocarme. La que va a tocar soy yo. A ver qué tal llevas lo de no ser tú quien tenga el control.

Luke siempre se aseguraba de que ella tuviera un orgasmo antes de permitírselo a sí mismo. Incluso lo de trasladarse a casa de él había sido según las reglas impuestas por Luke. Siempre asumía el control en todas las situaciones. Pero, en ese momento, Luke estaba en sus manos. Era ella quien estaba totalmente al mando.

–Nada de tocar –repitió Danica, y dio un paso atrás–. Si lo haces, pararé.

Danica agarró un pañuelo que colgaba de un gancho en la puerta y le ató las manos por la espalda. Después, comenzó a desabrocharle la camisa y le acarició el pecho con las yemas de los dedos.

Luke se estremeció y se inclinó para besarla. Ella se echó para atrás justo a tiempo y le señaló con un dedo.

–He dicho que nada de tocar.

–Pensaba que te referías a no tocar con las manos.

–Nada de pensar. Limítate a sentir.

–No te preocupes, eso ya me está pasando –dijo Luke con los ojos oscurecidos.

–Si hablas, piensas –le advirtió ella arañándole suavemente los pezones, y sintió la erección de Luke con el vientre.

Con un paso atrás, le acarició el reguero de vello que desaparecía debajo de los pantalones. La bragueta estaba impresionantemente abultada. Le llevó solo un segundo desabrocharle el cinturón para deslizar ambas manos por debajo de los calzoncillos para acariciar el trofeo que la esperaba.

Luke respiraba sonoramente. Movió las caderas contra ella. Cuando Danica retiró las manos, él se quedó quieto.

–Danica…

Danica sonrió. Tras acariciarle el miembro una vez más, se apartó y comenzó a desabrocharse la blusa despacio, con los ojos de Luke fijos en ella. Dejó que la prenda de seda cayera al suelo y después se quitó la falda. A partir de su relación con Luke, Danica había comprado otro tipo de lencería. Ese día llevaba ropa interior de encaje color carne con cintas negras.

La hambrienta mirada de Luke la siguió mientras volvía a su lado. Le plantó las manos en el pecho, orgullosa de sí misma por ser capaz de controlar el temblor que le causaba la casi feroz mirada de él, y le quitó los calzoncillos. Después, con cuidado, le empujó hacia un sillón de oreja en un rincón de la habitación y le hizo sentarse.

Podía perderse en el ardor de la mirada de Luke. Pero no podía engañarse a sí misma, no había cariño en esa mirada. A Luke le gustaba el sexo y le gustaba acostarse con ella. Eso era todo. No obstante, en lo más profundo de su ser, albergaba cierta esperanza.

Con los ojos fijos en los de Luke, le agarró el miembro, aún más hinchado. Se lo acarició, con firmeza, con suavidad, con firmeza de nuevo. Un ahogado gemido escapó de los labios de Luke al tiempo que cerraba los párpados y echaba la cabeza hacia atrás. Se arrodilló frente a él y puso la boca donde había puesto las manos, acariciándole con la lengua.

El alto gruñido de él le llegó al alma. Sintió un líquido fuego en la entrepierna y apretó los muslos para aliviar la tensión.

–Danica… necesito tocarte dijo Luke, con voz ronca.

Danica redobló sus esfuerzos, perdida en el olor y el sabor de él, vanagloriándose del tenerle a su merced. Luke estaba a punto de alcanzar el orgasmo, podía sentirlo.

–Danica… Por favor…

De repente, se levantó del sillón. Se había desatado las manos y se quitó la camisa. La levantó del suelo y la arrojó sobre la cama. Bocarriba, perpleja, le oyó abrir un sobre. Al volver la cabeza, le vio ponerse un condón en tiempo récord, y entonces se tumbó en la cama con ella. Le apartó hacia un lado el encaje que la cubría y la penetró plenamente.

Danica tuvo tal orgasmo que llegó a ver galaxias y estrellas fugaces. Luke gritó su nombre y se dejó caer encima de ella. Abrazándole, pensó que, en ese momento, Luke la pertenecía por completo.

Abrazado a Danica, Luke paseó la mirada por la habitación, permitiéndose inspeccionar aquel lugar que representaba la vida íntima de ella. Quizá por eso le gustara tan poco que Danica dejara allí algunas de sus cosas. La quería consigo por entero.

Le llamaron la atención unas fotos enmarcadas encima de la mesilla de noche. En una de ellas, Danica aparecía con un hombre y una mujer mayores, y supuso que serían sus padres. Frunció el ceño al ver la foto de un apuesto joven con un uniforme de jugador de fútbol americano. ¿Un novio?

Danica, sonriendo, le miró.

–Es mi familia –dijo ella.

–Supongo que esos son tus padres. Pero ¿y la otra foto?

–Matt, mi hermano –respondió Danica apartando las piernas de las de él.

–No sabía que tuvieras hermanos.

–Solo uno. Es ocho años menor que yo. Mi madre dice que ha sido la mayor sorpresa de su vida. Yo estoy de acuerdo.

–¿Juega al fútbol americano? –preguntó Luke señalando la foto.

–Siempre se le han dado bien los deportes: baloncesto, fútbol… Pero su verdadera pasión era el fútbol americano.

–Por qué has dicho «era». ¿Ha dejado de jugar?

–Matt estaba en el último año del instituto, muchas universidades estaba interesadas en él. Sus entrenadores nos dijeron que, si jugaba bien este año, le darían una beca para estudiar.

–¿Qué ha pasado? –preguntó Luke, fijándose en las lágrimas que habían aparecido en los ojos a Danica.

–Un accidente. Se le salió el casco al chocarse con otro, perdió el conocimiento y, cuando lo recuperó, no podía mover ni las piernas ni los brazos. Los médicos nos dijeron que tenía dañada la médula espinal cervical. Fue un milagro que no se rompiera el cuello.

–Lo siento –Luke le agarró una mano a Danica y se la apretó.

–Los médicos opinan que se recuperará. Pero Matt no ha respondido bien al tratamiento convencional y, por supuesto, las universidades han dejado de interesarse por él.

Luke la abrazó y la hizo apoyar la cabeza sobre su pecho.

–¿Por qué no me lo habías dicho?

–Es un asunto de familia que solo nos concierne a

nosotros —respondió Danica tras encogerse de hombros.

—Yo podría haber ayudado —a su mente acudió Medevco, la empresa de la que Evan Fletcher y Grayson Monk le habían hablado en la fiesta de la Noche de Montecarlo. ¿No estaban metidos en algo relativo a la cura de lesiones en la médula espinal? Al menos, eso le parecía haber leído en el prospecto que le habían enviado.

—Ya has ayudado —dijo Danica—. ¿Por qué crees que acepté tu oferta de trabajo? Necesitábamos dinero. Quiero mucho a mi familia y quería ayudarles. Te debo mucho.

—Pero de no haber sido por eso no habrías aceptado, ¿verdad? —dijo Luke. Hacía demasiado calor, las sábanas le molestaban, se las bajó.

—No. Buscar esposa no es lo mío —Danica sonrió, pero rápidamente frunció el ceño—. Pareces incómodo. ¿Te pasa algo?

—No —sí, claro que le pasaba. Danica había aceptado el trabajo que él le había ofrecido por su familia, no por dinero. Y eso era algo con lo que no se había topado nunca.

Su ordenado mundo pareció volverse patas arriba. Cuando Danica había declarado su amor delante de sus padres, lo había hecho…

No, no podía ser verdad, era una estratagema. Tenía motivos ulteriores… ¿O no?

En ese momento le sonó el móvil. Se levantó, recogió los pantalones del suelo y sacó el móvil del bolsillo.

–¿Sí?

–Mira tus mensajes –le dijo Anjuli, y colgó.

En los mensajes leyó que Nestor Stavros había regresado a Palo Alto. Quería ver a Luke. Al día siguiente. Inmediatamente, miró su correo electrónico. Había recibido correos con hojas de cálculo, requerimientos para dar ruedas de prensa y preguntas sobre una reunión para el día siguiente. Demasiadas cosas que debía organizar. Ya.

–Tengo que marcharme.

–¿Ahora? –preguntó Danica, desconcertada.

–Nestor Stavros ha vuelto. Quiere reunirse conmigo mañana por la mañana para hablar sobre la adquisición de la empresa.

–Deja que me vista y te acompaño a la oficina –dijo Danica apartando la ropa de la cama.

–No es necesario. Quédate aquí descansando.

Luke quería besarla, pero temía que si lo hacía acabaría quedándose.

Capítulo Diez

Al día siguiente, cuando Danica abrió la puerta de su pequeño despacho en las oficinas de Ruby Hawk, lo encontró ocupado. Irene Stavros, inclinada sobre una esquina del escritorio, leía algo en una carpeta de papel manila.

–Hola –dijo Irene con animada sonrisa–. Había demasiado ruido en la zona de los ingenieros y mi padre está en el despacho de Luke.

–Hola –respondió Danica. Irene exhibía un aspecto espectacular: vestido de lana ceñido a su cuerpo como un guante. Cutis perfecto–. No te preocupes, como si estuvieras en tu casa.

–Gracias –Irene se apartó de la mesa de despacho y ocupó la silla para las visitas. Tan pronto como Danica se sentó detrás de su escritorio, Irene comenzó a hablar–. Tengo que hablar contigo de muchas cosas.

–Soy toda oídos –respondió Danica al tiempo que encendía su ordenador.

–En primer lugar, tenemos que hablar del artículo que está escribiendo Cinco Jackson. En buena parte, se centra en ti.

Un profundo temor se apoderó de Danica.

–¿Que Cinco Jackson está escribiendo un artículo sobre mí?

–Sí –Irene tocó con los dedos la carpeta–. Trata sobre cómo Luke te pagó para que te casaras con él con el fin de realizar el contrato con mi padre.

Luke saludó a Nestor Stavros y le guio hasta la mesa de conferencias, en un rincón de su despacho.

–Irene me ha contado lo de tu matrimonio –dijo Nestor una vez sentados–. Me has sorprendido. No imaginaba que acabaras casándote.

–He encontrado a la mujer de mi vida –respondió Luke. Tan pronto como esas palabras salieron de su boca, se dio cuenta de que era verdad. Había encontrado a la mujer de su vida.

Danica. Danica era su esposa. La única esposa que querría en la vida. Pero... ¿le ocurría a ella lo mismo?

Nestor carraspeó, sacándole de su ensimismamiento.

–¿Pensando en tu mujer? –preguntó Nestor arqueando las cejas, con gesto cínico–. Estamos solos, puedes dejar de fingir.

–No estoy fingiendo.

–¿Te has enamorado y te has casado tan deprisa? ¿Tú? ¿Un Dallas? –Nestor lanzó un bufido–. Admito mi reticencia a comprar Ruby Hawk contigo incluido en el trato. Procedes de una familia que no cumple con sus obligaciones y siempre busca un trato favorable a ellos –Nestor bebió agua, mirando a Luke por encima del borde del vaso–. Los del consejo de administración de mis empresas me advirtieron de que no lo hiciera, fue Irene quien sugirió la cláusula matrimonial. Dijo que si realmente querías que adquiriera tu empresa, encontrarías la forma de conseguirlo; demostrando así tu capacidad de compromiso, algo fundamental para nosotros. Bien hecho.

Nestor alargó la mano para estrechar la de él, Luke no la aceptó.

–La cláusula exigiendo mi matrimonio era una trampa –dijo Luke.

–Yo no lo llamaría así. En cualquier caso, no muchos habrían mostrado la persistencia suficiente para llegar tan lejos, y mucho menos se habrían casado con el fin de asegurar el trato. La determinación de ganar, a cualquier precio, es lo que exijo de mi gente. Así que… ¿Firmamos el contrato?

–Deja que le eche una última ojeada –dijo Luke sintiendo la amargura de las bilis en la boca.

Los términos del contrato era buenos. El número de acciones que sus empleados recibirían a cambio de los salarios que se pagaban en el mercado de trabajo era espectacular. Y se lo merecían por el trabajo que realizaban. Por haber confiado en él.

Pero el vacío que sintió en el estómago se hizo más profundo.

–¿Qué? Yo no… quiero decir… –balbuceó Danica después de oír las palabras de Irene. ¿Lo sabía? ¿Cómo se había enterado?

–Creo que escribiste esto tú misma –Irene le tendió una hoja de papel.

Era una copia de su primer contrato con Luke, el

contrato que había escrito y le había enviado por correo electrónico. Se quedó helada.

—¿Te acuerdas de Johanna? —continuó Irene—. Sí, claro que te acuerdas. Johanna ahora trabaja para el Grupo Stavros. Cuando Cinco se puso en contacto con ella para preguntarle sobre la misteriosa cazatalentos que se había casado con Luke Dallas así, de repente, Johanna accedió a revisar los archivos de Rinaldi para ver si había algo que debiéramos saber —Irene señaló el contrato—. Y esto es lo que encontramos.

—Esto es un contrato para un puesto de trabajo como buscadora de talentos —declaró Danica forzando las palabras que salieron de su boca.

—Lee el párrafo tercero. Para buscar una esposa. Con el fin de cerrar el trato con el Grupo Stavros. Y, al parecer, una de las candidatas era la novia de Cinco. Mala suerte.

Danica cerró los ojos. La integridad de Luke en duda. Su reputación como profesional, por los suelos. Sus padres enterándose de que su matrimonio era una farsa.

—No puedes culpar a Luke de intentar salvar ese ridículo obstáculo que vosotros…

—No, no culpo a Luke de nada. A propósito, te felicito. Muy valiente.

—¿Qué es lo que quieres de mí, Irene?

Irene sonrió, pero la sonrisa no alcanzó a sus ojos.

—No te preocupes. Le he dicho a Cinco que fue amor a primera vista entre vosotros dos. Encontrará otra cosa que escribir.

—No te comprendo.

–Vamos a comprar Ruby Hawk. Cuidamos de los nuestros –Irene juntó las manos por encima de la mesa–. Y ahora que sabes que sabemos la verdad, considera un favor que guardemos el secreto. Por si acaso.

–¿Por si acaso qué? –preguntó Danica, consciente de que había sido una amenaza.

–Luke está dispuesto a aceptar nuestros términos, pero ¿en el futuro? –Irene dio unos golpecitos en la carpeta–. Tenemos un seguro contra cualquier posible rebelión en el futuro. No es necesario que te diga el escándalo que podríamos destapar. Pero, por favor, entiéndeme, esto no es nada personal. Me caes muy bien –Irene sonrió, mostrando una dentadura blanca y perfecta.

Danica no le devolvió la sonrisa. Tenía que encontrar a Luke y advertirle de lo que pasaba. Si firmaba el trato, acabaría siendo rehén de los Stavros durante el resto de su vida.

–¿Algo más? Tengo mucho trabajo.

–Ah, sí, el trabajo. Siento mucho que te hayas visto metida en esto. Pero la culpa es de Luke, tú no tienes culpa de nada.

–Me casé con Luke por afecto –declaró Danica con la garganta seca.

–Por supuesto –dijo Irene con una sonrisa burlona–. Es muy atractivo, lo mismo que su cuenta bancaria. Pero te voy a ser honesta, hay una razón por la que Luke y yo no estamos juntos. Luke es incapaz de sentir algo que no se pueda plasmar en una hoja de cálculo. Estoy segura de que lo has notado, incluso en la cama. Luke se va después de conseguir lo que quiere. De todos modos, te felicito de nuevo por conseguir ese anillo con un brillante. Al menos, has conseguido algo de valor.

Irene se levantó del asiento y añadió:

—Y ahora que hemos dejado las cosas claras, vamos, mi padre quiere conocerte. Al fin y al cabo, como esposa de Luke y una vez que concluya la adquisición y que Ruby Hawk se convierta en una empresa subsidiaria del Grupo Stavros, pasarás mucho tiempo con nosotros.

—Te equivocas respecto a Luke —dijo Danica alzando la barbilla.

—¿Eso crees? —Irene alcanzó rápidamente la puerta con sus largas piernas—. ¿Vienes a participar en la celebración?

Danica siguió a Irene en silencio. Al menos, así tendría la oportunidad de advertirle a Luke de las maquinaciones de Nestor e Irene. Luke no vendería su empresa al Grupo Stravros cuando se enterase de cómo les habían manipulado a los dos.

¿O sí?

Luke, con el bolígrafo en la mano por encima de la página del contrato en la que debía estampar su firma, alzó la cabeza al oír abrirse la puerta. Irene entró, seguida de… ¿Danica? Se puso en pie al instante y esbozó una amplia sonrisa. Pero su sonrisa murió al ver la expresión de Danica, una expresión de perplejidad, la misma que había mostrado al descubrir que Johanna había cerrado su empresa sin decirle nada.

–¿Qué pasa?

–¿Qué va a pasar? Nada –dijo Irene sentándose en una silla al lado de su padre–. ¿Abro el champán?

–Espera a que Luke firme –Nestor indicó el contrato.

Luke, ignorando a ambos, se acercó a Danica y le tomó una mano con las suyas.

–¿Qué te pasa?

–¿Has firmado? –preguntó ella mirándole a los ojos.

–Estaba a punto de hacerlo. ¿Por qué?

Danica lanzó una mirada a Nestor e Irene Stavros.

–¿Podríamos hablar a solas?

Irene quitó el papel de plata que envolvía el corcho de la botella de champán.

–Va a contarte que sabemos que vuestro matrimonio ha sido una farsa y que no nos importa –Irene sonrió burlonamente–. Todo ha salido mejor de lo que habríamos podido imaginar. Hemos conseguido aplacar las objeciones de la junta directiva sobre la estabilidad de Luke, ahora somos dueños de Ruby Hawk y, gracias a vosotros dos, tenemos con qué asegurarnos lealtad en el futuro. Ah, Luke, otra cosa que Danica quiere decirte es que tenemos prueba escrita de que vuestro matrimonio ha sido una farsa –Irene descorchó la botella–. Y eso nos será de gran utilidad… algún día.

Nestor se miró el reloj de pulsera.

–¿Os parece que cerremos ya el trato? Tengo que salir para Los Ángeles en media hora, para reunirme con unos banqueros. Si no lo hacemos hoy, los de la junta directiva tardarán meses en aprobar otra oferta

–Nestor arqueó las cejas–. He visto tu situación financiera, Luke. No dispones de meses.

Danica se volvió a Luke, su mano aún en la de él.

–No puedes vender. Y menos a ellos –le imploró.

–Ven conmigo –Luke la sacó de la sala de conferencias y la llevó a un pequeño apartado para hablar en privado. Pero cualquiera podía pasar por allí y se dio cuenta de que algunos que podían verles les estaban lanzando curiosas miradas.

–Voy a firmar el trato. Voy a hacerlo para asegurar el futuro de Ruby Hawk.

–Pero ya has oído lo que han dicho –dijo Danica palideciendo–. Jamás te verás libre de ellos. Te vas a vender a ti mismo.

–Todo saldrá bien, ya lo verás –Luke sonrió–. Esto no va a cambiar nada entre tú y yo.

Danica se zafó de la mano de él y sacudió la cabeza.

–Puede que a ti no te importe, pero a mí sí. Les estás siguiendo el juego. Y todo cambiará, ya lo verás. Nuestro matrimonio va a llegar a su fin una vez que se firme el trato.

–No tenemos por qué romper. Encontraremos la forma de librarnos de ellos.

–¿Es que no lo entiendes? –Danica le miró a los ojos–. Todo esto no tiene nada que ver con la empresa, sino contigo y la familia Stavros, es personal. Si firmas, el juego continúa. Si no rompes con ellos… romperé yo contigo. Me niego a formar parte de esto.

–Danica… No… Te necesito.

–No, tú no me necesitas. Me doy cuenta de que tú

nunca me has necesitado –Danica miró por encima del hombro de él–. Irene viene hacia aquí.

–Esto no es… –comenzó a decir él, presa del pánico.

–Felicidades por haber conseguido el contrato que querías. Lo digo en serio. Adiós, Luke –Danica le dio un beso en la mejilla, giró sobre sus talones y se marchó antes de que a él le diera tiempo a reaccionar.

–¿Podríamos firmar ya? –preguntó Irene al llegar a su lado.

Luke no respondió. Quería salir corriendo en pos de Danica. Las miradas soslayadas de sus empleados le recordaron que su futuro dependía de él.

–Es una pena que se haya ido, hablaba en serio cuando le dije que me caía bien.

–¿Qué más le has dicho?

–Que no te culpo por ser incapaz de mantener una relación conmigo.

–¿Qué has dicho?

Irene agrandó los ojos y, durante un segundo, pareció dolida. Después, parpadeó y recuperó su gesto indiferente.

–Vaya, pareces afectado. No me digas que ahora va a resultar que tienes un corazón. En fin, hemos tenido una conversación respecto a tu falta de sentimientos en tus relaciones sexuales.

–¿Y Danica te ha dado la razón?

–Te ha defendido –respondió Irene alzando los ojos al techo–. Creo que, por eso, es mejor que se haya marchado. De haberse quedado, la habrías devorado y la habrías escupido en menos de un año.

148

Luke dejó de prestar atención a Irene. Danica le había defendido. Debía quererle. Pero, si era así, ¿por qué se había marchado? ¿Por qué no había podido confiar en él?

Luke puso una mano en la pared, en busca de apoyo. Danica no podía fiarse de él porque no estaba segura de que él no pudiera destrozarle el corazón. Danica no sabía lo mucho que…

–La amo –dijo, sin ser consciente de haber pronunciado aquellas palabras en voz alta.

Rápidamente, se dirigió a la sala de conferencias, ignorando a Irene. Puso su firma en los papeles, debajo de la de Nestor, y se aseguró de que sus abogados tuvieran copias del documento antes de que Nestor se fuera a Los Ángeles. Después, llamó a Anjuli.

Sabía lo que tenía que hacer.

Capítulo Once

En casa de sus padres, Danica bajó las escaleras y encontró a su madre sentada a la mesa de la cocina.

–Te sienta muy bien esa camisa que te has puesto para ir a visitar a tu hermano, pero ¿por qué llevas una maleta?

–El Grupo Stavros ha comprado Ruby Hawk –dijo Danica, que había leído la noticia en la página web de la revista *Silicon Valey Weekly*–. Pero Luke ya no es el director. Ese no era el plan. Ha debido pasar algo.

–¿Y por eso has decidido ir a California ahora? –preguntó Amila, dejando la taza de café en la mesa.

–Tengo que ir a dar una explicación. Tengo que conseguir que le vuelvan a nombrar director de la empresa. A Luke lo único que realmente le importa en el mundo es Ruby Hawk, es primordial para él dirigir esa empresa.

–Creía que le habías dejado precisamente por eso, porque solo le importaba su empresa –su madre se inclinó hacia delante y apoyó la barbilla en una mano–. De todos modos, me alegro de verte animada otra vez. Cuando viniste, no querías levantarte de la cama, excepto para ir a ver a Matt.

Danica bajó los ojos. Al marcharse de San Francisco, lo había hecho con la intención de no volver a ver a

Luke. Pero al cabo de unos días, Mai la había llamado para decirle que Luke había llevado a la casa todas las pertenencias de ella; después, la había invitado a cenar, tras disculparse por invadir su casa, y había donado cincuenta mil dólares al departamento de pediatría en el que Mai trabajaba. A pesar de todo, Luke seguía siendo un imbécil, había añadido May, mostrando su solidaridad con ella.

—Solo sé que necesito ayudarle a recuperar su puesto en Ruby Hawk. Tengo que hacerlo. Me marcho ya.

Su madre agarró el asa de su maleta.

—Si quieres irte, vete, pero antes tienes que venir con nosotros a ver a tu hermano. Mira, ahí está tu padre —Amila señaló al hombre que bajaba las escaleras.

—¿Estáis listas? —Mirko Novak agarró las llaves del coche que estaban encima de la mesa.

—Danica quiere ir al aeropuerto para tomar un vuelo a California —le dijo Amila a su marido.

Mirko agrandó los ojos.

—No, ni hablar. Tiene que ver a… a Matt.

—Eso es lo que yo le he dicho —dijo Amila, asintiendo.

Danica miró a su madre y después a su padre.

—¿Qué pasa? ¿Por qué es tan importante que vaya a ver a Matt?

—¿No te parece importante visitar a tu hermano? —Mirko arqueó las cejas. Después, agarró a su hija por el codo y la empujó hacia el garaje, donde tenía el coche.

Cuando llegaron al hospital, Danica firmó en el libro de visitas y después giró hacia la izquierda, en dirección a la habitación de Matt. Su madre la agarró por el brazo.

–El médico de Matt quiere vernos, solo a tu padre y a mí.

–¿Ocurre algo? –preguntó Danica, frunciendo el ceño.

–Quiere hablar con nosotros, los padres, sobre un nuevo tratamiento. Ya sabes cómo son los médicos.

–Mmm –Danica empequeñeció los ojos. Primero, sus padres habían insistido en que fuera a ver a Matt. Ahora… ¿no querían que le viera?–. Esperaré aquí.

Su madre le apretó la mano.

–Gracias, *draga*.

El sol se filtraba en el recinto a través de unas puertas de cristal, una silla blanca de aspecto cómodo la invitó a sentarse. No era un mal lugar para esperar. La decoración, moderna, le resultaba parecida a la de las oficinas de Ruby Hawk. Y eso la hizo pensar en Luke. Igual que ese hombre que estaba cruzando esas puertas de cristal…

El tiempo se detuvo. ¡Era Luke!

–Hola –dijo él, deteniéndose delante de ella.

–Hola –respondió Danica, con un graznido.

Fue entonces cuando se fijó en su indumentaria. Los pantalones de Luke tenían una raya brillante en cada uno de los laterales exteriores de las perneras.

–¿Por qué llevas pantalones de esmoquin? –no fue una pregunta brillante, solo lo primero que se le ocurrió.

Entonces le vio sonreír. Después, Luke se metió las manos en los bolsillos y las sacó cerradas en dos puños.

–Porque llevaba estos pantalones cuando me diste esto –Luke abrió la mano izquierda y mostró una ficha de póker de quinientos dólares.

–¿Y has atravesado el país para devolverme eso?

–No –Luke cerró la mano con la ficha para que ella no pudiera arrebatársela–. He venido para pedirte que vuelvas a arriesgarte.

La esperanza que se había despertado en ella comenzó a apagarse. Sí, había estado en lo cierto al pensar que Luke la necesitaba, pero solo para ayudarle a recuperar su empresa.

–He leído que la junta directiva te ha quitado de director. Si es porque me marché antes de que el trato se cerrase, estoy dispuesta a hablar con quien sea. Sé que esa empresa lo es todo para ti.

–No –Luke negó con la cabeza–. Lo único que lo es todo para mí es mi esposa. La junta directiva no me echó, yo presenté mi dimisión. Anjuli es la nueva directora, perfectamente capaz de hacerle frente a Nestor.

La emoción que vio en la azul mirada de Luke la hizo temblar.

–No lo comprendo. ¿Has renunciado a Ruby Hawk?

–Tenías razón, hacía mucho que debería haber dejado que el pasado dictara mi futuro. Como tú dijiste también, es hora de que deje de intentar controlar el presente –Luke sonrió con suma ternura.

Una inmensa felicidad se apoderó de ella.

–¿Qué va a pasar con Irene? ¿Y con el correo electrónico sobre nuestro acuerdo? ¿Y con el artículo de Cinco Jackson?

–He llamado a Cinco y se lo he contado todo –Luke lanzó una carcajada al tiempo que abría la mano con la ficha–. Arriesgado, pero ha salido bien. Le ha interesado mucho más que el Grupo Stavros haya accedido ilegalmente a mi correo electrónico con el fin de chantajearme.

Danica esbozó una sonrisa de oreja a oreja.

–Y ahora, ¿vas a montar otra empresa para luego venderla bajo condiciones ridículas?

–Sí, una nueva empresa. He hablado con Grayson Monk y Evan Fletcher para unirme a ellos, en Medevco –Luke se le acercó y ella tuvo que contenerse para no rodearle el cuello con los brazos y pegar los labios a los de él–. Y jamás volveré a permitir que te alejes de mí. Te amo, Danica Novak.

Le pareció algo sumamente afortunado estar en un hospital, no estaba segura de que no fuera a darle un ataque al corazón de tanta felicidad. Puso las manos en ese rostro amado y lo acarició.

–No te has afeitado –comentó Danica, disfrutando indescriptiblemente del amor y la pasión que veía en los ojos de Luke.

–Tenía demasiada prisa.

Sus bocas se unieron y ella se perdió en el beso. Le estrechó con todas sus fuerzas. Se…

Alguien le dio una palmada en el hombro. Después, oyó una voz que decía:

–Eh, siento interrumpiros, pero…

Danica se soltó de Luke, se volvió y, de nuevo, se agarró a él. Era Matt. Y Matt estaba de pie, apoyándose en un andador.

–¡No puedo creerlo! –exclamó Danica con lágrimas en los ojos–. ¿Cómo es posible?

–Lo he conseguido esta última semana, gracias a unas nuevas terapias –respondió Matt, y señaló a Luke.

–¿De Luke? –dijo Danica con incredulidad.

Luke sonrió y la abrazó.

–Fue idea tuya utilizar la tecnología de Ruby Hawk en equipo deportivo, una idea que me dio que pensar. Los productos de Medevco incluyen herramientas revolucionarias para la terapia física. Matt se ha prestado a probarlas.

Las lágrimas le corrían por las mejillas, pero eran lágrimas de felicidad.

–Gracias por ayudar a mi hermano.

–Es familia –respondió Luke.

Entonces, sorprendiéndola aún más si cabía, Luke la soltó y se arrodilló delante de ella.

–¿Me harías el honor de seguir siendo mi esposa?

–¡Sí, sí!

Luke se puso en pie y, al instante, le cubrió la boca con la suya. Danica le rodeó el cuello con los brazos y se apretó contra él. Le olió, le saboreó, le acarició…

–¡Eh, chicos! Nos están esperando para el principal acontecimiento –oyó Danica decir a su hermano.

Luke se echó a reír y alzó la cabeza, pero siguió rodeando la cintura de su esposa.

–¿Qué acontecimiento? ¿Qué va a pasar ahora que no haya pasado ya? –Danica miró a Luke a los ojos. Nunca se cansaría de hundirse en esas azules profundidades.

–Dijiste que la boda que tuvimos no te pareció una boda de verdad porque tus padres no estaban –respondió Luke sonriendo–. Por eso… –Luke se sacó el móvil del bolsillo, pulsó una tecla y comenzaron a oírse los primeros acordes de *My Shot*, de Hamilton–. Tu madre te ha traído un vestido. Te estaré esperando en la capilla del hospital.

Danica nunca había imaginado que semejante felicidad pudiera existir.

–Ya estamos casados. Otra ceremonia no tiene sentido.

Luke lanzó un gruñido y ella se echó a reír.

–No voy a volver a permitir que te vayas de mi lado. Me casaré contigo cien veces si es necesario. Si quieres, ponte a planificar la siguiente boda.

–Con dos bastará –dijo Danica–. Siempre y cuando el contrato matrimonial sea para el resto de nuestras vidas.

–Por lo menos –respondió Luke–. De eso puedes estar segura.

Danica sonrió.

–Lo estoy. Para el resto de nuestras vidas.

Bianca

**Juntos frente al altar por sentido del deber…
apasionadamente reunidos en la cama**

SU REINA DEL DESIERTO

Annie West

Karim, el príncipe del desierto, necesitaba una esposa para asegurar su ascenso al trono de Assara. Inteligente, cautivadora,
la reina Safiyah sería la elección perfecta, pero el dolor de su
compromiso roto años atrás parecía un obstáculo insalvable.
En esa ocasión, Karim exigirá algo sencillo: un acuerdo diplomá-
tico, un matrimonio de conveniencia para salvar al país.
Pero la reunión de Safiyah con Karim, el hombre al que no podía
amar, no tenía nada de conveniente.
El deber los había vuelto a reunir, pero será un innegable lazo
de pasión lo que hará que deban admitir un deseo que nunca
se había apagado del todo.

Acepte 2 de nuestras mejores novelas de amor GRATIS

¡Y reciba un regalo sorpresa!

Oferta especial de tiempo limitado

Rellene el cupón y envíelo a

Harlequin Reader Service®
3010 Walden Ave.
P.O. Box 1867
Buffalo, N.Y. 14240-1867

¡Sí! Por favor, envíenme 2 novelas de amor de Harlequin (1 Bianca® y 1 Deseo®) gratis, más el regalo sorpresa. Luego remítanme 4 novelas nuevas todos los meses, las cuales recibiré mucho antes de que aparezcan en librerías, y factúrenme al bajo precio de $3,24 cada una, más $0,25 por envío e impuesto de ventas, si corresponde*. Este es el precio total, y es un ahorro de casi el 20% sobre el precio de portada. !Una oferta excelente! Entiendo que el hecho de aceptar estos libros y el regalo no me obliga en forma alguna a la compra de libros adicionales. Y también que puedo devolver cualquier envío y cancelar en cualquier momento. Aún si decido no comprar ningún otro libro de Harlequin, los 2 libros gratis y el regalo sorpresa son míos para siempre.

416 LBN DU7N

Nombre y apellido	(Por favor, letra de molde)	
Dirección	Apartamento No.	
Ciudad	Estado	Zona postal

Esta oferta se limita a un pedido por hogar y no está disponible para los subscriptores actuales de Deseo® y Bianca®.
*Los términos y precios quedan sujetos a cambios sin aviso previo.
Impuestos de ventas aplican en N.Y.

SPN-03   ©2003 Harlequin Enterprises Limited

Bianca

**Era un matrimonio solo de papel…
hasta que volvieron a avivarse deseos
ocultos durante mucho tiempo**

IRRESISTIBLE PASIÓN

Andie Brock

Kate O'Connor se quedó atónita cuando su antiguo prometido, el multimillonario Nikos Nikoladis, volvió a entrar en su vida con una escandalosa exigencia: acompañarlo al altar como debieron haber hecho años atrás. Él tendría la esposa que necesitaba para conseguir la tutela de la hermana de su amigo fallecido y ella lograría salvar su maltrecha empresa. Presa de la desesperación, Kate aceptó. Sin embargo, mientras viajaban por Europa en su luna de miel, ninguno de los dos podría haber anticipado que la llama del deseo que aún ardía entre ellos iba a explotar para convertirse en irresistible pasión…

DESEO